CARAMBAIA

29

Jerome K. Jerome

Devaneios ociosos de um desocupado

Tradução e posfácio
Jayme da Costa Pinto

Ao queridíssimo e amado amigo
dos dias prósperos e dos malditos também –

Ao amigo
que, por mais que eu lhe abafe a chama,
jamais busca vingança –

Ao amigo
que, tendo de mim discordado tantas vezes no
início de nosso relacionamento, acabou por se
revelar meu parceiro mais próximo –

Ao amigo
que, tratado com frieza inequívoca por todos os
membros do sexo feminino da família, e olhado
com desconfiança até por meu próprio cão,
ainda assim se mostra cada dia mais atraído por
mim e, em troca, a cada dia me impregna mais
e mais com a aura perfumada de sua amizade –

Ao amigo
que nunca me aponta as falhas, nunca pede
dinheiro emprestado e nunca fala de si mesmo –

Meu mais antigo e constante
cachimbo,
dedico,
com gratidão e afeto,
este pequeno volume.

Ao companheiro
das horas de ócio, alívio para meus sofrimentos,
ao confidente de minhas alegrias e esperanças –

Prefácio do autor

Depois que um ou dois amigos a quem mostrei o manuscrito destes textos observaram que não eram nada maus, e alguns parentes chegaram mesmo a prometer comprar o livro, caso um dia fosse publicado, sinto que não tenho o direito de adiar mais seu lançamento. Não fosse por essa, digamos, demanda toda, eu talvez não ousasse oferecer estes humildes "devaneios ociosos" para saciar o apetite mental dos povos anglófonos do planeta. O que os leitores hoje em dia buscam em um livro é que sirva para aperfeiçoar, instruir e edificar. Este livro falha nas três frentes. Não posso em sã consciência recomendá-lo para qualquer propósito útil. Tudo o que posso sugerir é que, ao se cansar de ler "os cem melhores livros da história", o leitor possa dedicar meia hora a este volume. Experimentará uma mudança e tanto.

Do ócio

Taí um assunto de que me orgulho de conhecer como poucos. O cavalheiro que, na minha juventude, me banhou na fonte da sabedoria em troca de 9 guinéus por semestre – sem direito a extras – afirmava jamais ter conhecido um garoto que precisasse de tanto tempo para produzir tão pouco; e me lembro ainda de minha pobre avó, certa vez, enquanto nos instruía sobre como usar o missal, deixar escapar que seria altamente improvável que eu fizesse algo que não devesse, mas que ela estava absolutamente convencida de que eu deixaria intocado tudo que, de fato, fosse recomendável que eu fizesse.

Receio ter desvirtuado um pouco a profecia da doce velhinha. Que Deus me perdoe! Fiz muitas coisas que não deveria, apesar da preguiça, mas confirmei com louvor a previsão de minha avó no que diz respeito a negligenciar muito do que não deveria ter negligenciado. O ócio sempre foi o meu forte. E não reclamo crédito pessoal nesse assunto – trata-se de um dom. É para poucos. Há muito preguiçoso no mundo, muito marcha-lenta, mas um ocioso legítimo é coisa rara. Não é o sujeito que anda por aí, passos arrastados, mãos metidas nos bolsos. Ao contrário, a característica mais surpreendente do ocioso é estar sempre ocupadíssimo.

É impossível desfrutar do ócio quando não estamos diante de uma pilha de trabalho. Não há graça em não fazer nada quando não há nada para fazer. Jogar tempo fora passa a ser apenas mais uma ocupação, e das mais exaustivas. O ócio, como o beijo, é mais gostoso quando é roubado.

Há décadas, quando ainda jovem, fiquei muito doente – nunca consegui decifrar o que havia realmente de errado comigo, só que parecia uma gripe dessas arrasa-quarteirão. Mas deduzo que tenha sido algo muito sério, pois o médico anunciou que eu deveria tê-lo procurado um mês antes, e que, se o mal (fosse o que fosse) se estendesse por mais uma semana, ele não teria respondido pelas consequências. É uma coisa extraordinária mesmo, nunca conheci um médico que, chamado para um atendimento, não afirmasse que o atraso de mais um dia teria eliminado todas as chances de cura. O médico, que é também nosso guia, filósofo e amigo, é como o herói dramático – sempre entra em cena na hora certa, e só na hora certa. Providência em forma de homem é o que ele é.

Bom, retomando, eu estava muito doente e o médico me mandou passar um mês em Buxton com ordens expressas de não fazer nada enquanto estivesse por lá. "Repouso é o que seu caso exige", disse o médico, "repouso absoluto".

A perspectiva era maravilhosa. "Esse homem obviamente entende o meu problema", pensei, já imaginando uma temporada gloriosa – quatro semanas de *dolce far niente* com uma pitada de mal-estar. Não muito, claro, só o suficiente para dar à doença um quê de sofrimento e torná-la poética. Eu acordaria tarde, tomaria um gole de chocolate e receberia o café da manhã de pantufas e roupão. Depois me largaria numa rede, no jardim, leria romances sentimentais com final melancólico até os livros me caírem da mão e permaneceria ali, reclinado, fitando oniricamente o azul-escuro do firmamento, observando as nuvens, novelos de lã flutuando feito navios de velas brancas pelas profundezas do céu e ouvindo o canto alegre dos pássaros e o farfalhar baixo das folhas das árvores. Ou, se me sentisse fraco demais para sair de casa, eu me sentaria diante da janela aberta, apoiado em almofadas, e exibiria uma aparência debilitada mas interessante, e arrancaria suspiros sentidos das moças bonitas que por ali passassem.

E duas vezes por dia eu seria levado em uma cadeira de rodas até o local das termas, passando pela colunata, para beber as águas medicinais. Oh, aquelas águas! Eu nada sabia sobre elas na época, e me encantei com a ideia. "Beber das águas" soava elegante, algo que a rainha Anne faria, e achei que só poderia gostar. Mas, argh!, depois das primeiras três ou quatro manhãs! A descrição de Sam Weller, que aponta o gosto morno, "de ferro de engomar", daquelas águas dá apenas uma vaga ideia do seu sabor horroroso e nauseante. Se existe algo capaz de fazer um doente sarar rapidamente, é saber que precisará beber um copo cheio daquela água todos os dias até ficar bom. Eu bebi por seis dias consecutivos e quase morri; mas depois disso adotei a tática de entornar um bom copo de conhaque com água imediatamente depois de ingerir a tal água, e isso me trouxe imenso alívio. Desde então, vários médicos importantes me relataram que o álcool deve ter neutralizado completamente os efeitos das propriedades ferruginosas da água termal. Que sorte a minha ter encontrado o remédio certo.

Mas "beber das águas" foi só uma pequena parte da tortura que experimentei naquele mês inesquecível – um mês que foi, sem dúvida, o mais infeliz da minha vida. Na maior parte do tempo, segui à risca as ordens do médico e não fiz absolutamente nada, a não ser vagar pela casa e pelo jardim, e sair duas horas por dia na cadeira de rodas para visitar as termas. E essa movimentação de certa forma quebrou a monotonia. Ser conduzido numa cadeira de rodas – sobretudo quando não se está acostumado com esse divertidíssimo exercício – é mais emocionante do que pode parecer a um observador desavisado. Uma sensação de perigo, inalcançável para alguém de fora, invade a mente do ocupante. Ele se sente convencido a cada instante de que aquela traquitana está prestes a capotar, convicção que se torna especialmente viva sempre que uma valeta ou um trecho de estrada recém-pavimentado surge à frente. Para o passageiro da cadeira, todos os veículos ao redor irão atropelá-lo; e ele nunca se pega subindo ou descendo uma ladeira sem logo começar a especular sobre suas chances na hipótese – extremamente provável – de o sujeito de joelhos lesionados que controla seu destino soltar as mãos da cadeira.

Mas até mesmo essa diversão deixou de me animar depois de algum tempo, e o *ennui* tornou-se absolutamente insuportável. Senti meu espírito ceder. Não é um espírito forte, e calculei que não seria prudente exigir muito dele. Então, por volta da vigésima manhã, acordei cedo, tomei um bom café da manhã e caminhei direto para Hayfield, ao pé do Kinder Scout – uma cidadezinha agradável e movimentada, a que se chegava percorrendo um vale adorável e onde moravam duas mulheres lindas e gentis. Ou pelo menos eram lindas e gentis então; uma passou por mim na ponte e, acredito, sorriu; e a outra estava em pé no vão de uma porta aberta, fazendo um investimento sem muito retorno em beijos desferidos em um bebê de rosto corado. Mas isso foi há anos; atrevo-me a dizer que de lá para cá ambas se tornaram gordas e rabugentas. No caminho de volta, vi um velho quebrando pedras, e isso despertou em mim um desejo tão forte de exercitar os braços que lhe ofereci uma bebida em troca de poder ocupar seu lugar. O velho era boa-praça e acolheu meu capricho. Parti para cima das pedras com a energia acumulada de três semanas e trabalhei mais em meia hora do que ele o dia todo. Mas isso não o incomodou.

Tendo já me jogado de cabeça, decidi me entregar de vez à intemperança, saindo para longas caminhadas pelas manhãs e ouvindo a banda tocar no pavilhão à noite. Mas os dias ainda custavam a passar, apesar de tudo, e me peguei genuinamente feliz quando chegou a hora de deixar Buxton e sua população de gotosos e tísicos e rumar para Londres, terra de trabalho árduo e vida dura. Olhei pela janela da carruagem enquanto passávamos por Hendon à noite. O clarão lúgubre que pairava sobre a poderosa cidade pareceu aquecer meu coração, e quando, mais tarde, partimos ruidosamente da estação de St. Pancras, o velho rugido familiar que se assomou em torno de mim soou como a música mais doce a me encher os ouvidos em muitos dias.

Definitivamente não apreciei o ócio daquele mês. A ociosidade me é cara quando não me é devida; não quando é a única coisa que tenho para fazer. Sou teimoso, é da minha natureza. O momento em que mais gosto de ficar parado, com as costas para o fogo e calculando o quanto devo pros outros, é aquele em que sobre minha mesa ergue-se uma pilha piramidal de cartas a serem postadas no próximo malote. Gosto de me demorar à mesa do jantar justo quando tenho pela frente uma noitada pesada de trabalho. E se, por uma urgência qualquer, preciso acordar excepcionalmente cedo de manhã, é aí, mais do que em qualquer outra ocasião, que adoro esticar mais meia horinha na cama.

Ah! Que delícia virar pro lado e dormir de novo: "só cinco minutinhos". Será que existe algum ser humano, eu me pergunto, além do herói de um "conto para meninos" da escola dominical, que se levanta pela manhã de boa vontade? Há homens para os quais acordar na hora certa é uma impossibilidade teórica. Se é às oito horas que deveriam pular da cama, enrolam até oito e meia. Se as circunstâncias mudam e oito e meia passa a ser o horário marcado, então só levantarão às nove. São como o estadista de quem se dizia estar sempre pontualmente meia hora atrasado. Esses indivíduos tentam emplacar todo tipo de esquema. Compram despertadores (dispositivos engenhosos que tocam na hora errada, despertando as pessoas erradas). Pedem a Sarah Jane que bata na porta do quarto e os acorde, e Sarah Jane, de fato, bate na porta e os chama, ao que respondem, num grunhido, "já vou", e então redormem gostoso. Conheci um homem que chegava a se desvencilhar dos lençóis e ir direto prum banho frio; mas nem isso adiantava: pulava em seguida de volta pra cama, que é lugar quente.

Falando por mim, acho que até conseguiria me manter fora da cama, sem problemas, uma vez em pé. O que acho difícil mesmo é descolar a cabeça do travesseiro, e nem a firme decisão tomada na véspera facilita a tarefa. Digo a mim mesmo, depois de ter desperdiçado a noite toda: "Bom, chega de trabalho por hoje; vou acordar cedo amanhã"; e fato é que estou determinado a cumprir o trato – no momento em que o enuncio a mim mesmo. Pela manhã, porém, o entusiasmo com a ideia diminuiu consideravelmente e penso que teria sido muito melhor se eu tivesse dado cabo das tarefas na noite anterior. E ainda tem a questão do que vestir, e quanto mais se pensa nisso, mais se quer adiar esse entrevero todo.

Coisa estranha, a cama, esse simulacro de sepultura em que esticamos nossos membros cansados e imergimos, silenciosamente, no silêncio e no repouso. "Ó leito, ó leito, leito maravilhoso, paraíso terreno onde o espírito alquebrado repouso", como cantava o pobre Hood, és feito uma velha e bondosa ama que nos acolhe, meninos e meninas assustados. Espertos e tolos, travessos e comportados, a todos nos abraças em teu colo maternal e apaziguas nosso soluçar. O homem forte mas que requer cuidados, o homem doente e cheio de dores, a donzela que chora pelo amante infiel – feito crianças, deitamos todos a cabeça atormentada em teu seio e tu, carinhosamente, embalas-nos e conduzes-nos até o sono.

Nosso problema piora sobremaneira quando te afastas e te absténs de nos consolar. Como parece distante a aurora quando não conseguimos dormir! Oh! Aquelas noites tenebrosas em que nos reviramos sem parar, febris, em dor, estirados como vivos entre os mortos, mirando arregalados as horas lúgubres que se arrastam, morosas, entre nós e a primeira luz do dia. E oh! Aquelas noites ainda mais terríveis, em que nos sentamos ao lado de um enfermo, e o fogo baixo da lareira nos assusta vez por outra quando caem as brasas, e em que o tique-taque do relógio ressoa feito martelo a extrair a pancadas a vida da pessoa velada.

Mas chega de camas e quartos. Já lhes dediquei tempo demais, mesmo para um cultuador do ócio. Vamos sair, fumar um cigarro. Além de ser uma atividade igualmente legítima para desperdiçar tempo, tem a vantagem de não passar impressão tão ruim. Os ociosos temos no tabaco uma bênção. É difícil imaginar como funcionários públicos ocupavam o espírito antes de *sir* Walter. Atribuo a natureza belicosa dos jovens na Idade Média inteiramente à falta da erva calmante. Esses moços não tinham nada a fazer e tampouco podiam fumar; resultado: passavam o tempo se digladiando e discutindo. Se, por extraordinária eventualidade, não houvesse guerra em andamento, eles então desenterravam alguma rivalidade mortal com o vizinho; e se, apesar dessa movimentação toda, ainda lhes sobrasse algum tempo livre, era logo ocupado com arengas sobre quem tinha a mais bela namorada, e a lista de argumentos empregados pelos envolvidos incluía machados de guerra, porretes etc. As questões de gosto solucionavam-se num estalo. Quando um jovem do século XII se apaixonava por uma moça, não dava três passos para trás olhando fixamente em seus olhos e dizia que era linda demais da conta. Em vez disso, ele saía pra resolver a questão lá fora, na rua. E se, ao sair, topasse com outro homem e rachasse sua cabeça – a cabeça do outro homem, digo –, então isso provava que a garota dele – do primeiro sujeito – era bonita. Mas, se fosse o outro a rachar sua cabeça – não a própria, claro, mas a do outro –, o outro sujeito em relação ao segundo sujeito, isto é, porque é claro que o outro sujeito seria apenas o outro em relação a ele, não o primeiro sujeito que – bem, se ele quebrasse sua cabeça, então a garota dele – não a do outro sujeito, mas do sujeito que era... Bom, já deu: se A rachasse a cabeça de B, então a garota de A era bonita; mas, se B rachasse a cabeça de A, então a garota de A não era bonita. Assim se dava a crítica estética naqueles tempos.

Hoje em dia acendemos um cachimbo e deixamos que as moças se peguem entre si.

E o fazem muito bem. Encarregam-se de todo o nosso trabalho. São médicas, advogadas e artistas. Administram teatros, aplicam golpes e editam jornais. Anseio pelo dia em que nós, homens, nada teremos a fazer além de ficar na cama até a hora do almoço, ler dois romances por dia, tomar um chazinho às cinco e ocupar a mente com assuntos que não nos cansem demais, como a última moda em calças ou o tecido de que é feito o casaco do sr. Jones – e se, afinal, a peça lhe cai bem. Que perspectiva gloriosa. Para nós, ociosos.

Do amor

O leitor já se apaixonou, claro! Se ainda não aconteceu, é questão de tempo. O amor é como o sarampo, todos sofremos com ele um dia. E assim como o sarampo, só nos derruba uma vez. Ninguém precisa ter medo de voltar a se infectar. O homem que já o contraiu pode frequentar os lugares mais perigosos e se arriscar da maneira mais temerária, sempre em perfeita segurança. Pode fazer piqueniques em bosques sombrios, passear por alamedas frondosas e sentar em bancos cobertos de musgo para apreciar o pôr do sol. Adentrar uma pacata casa de campo com a mesma tranquilidade com que o faria em seu próprio clube. Pode se juntar a um grupo de família para um passeio de barco pelo Reno. Pode, para dar adeus a um amigo, aventurar-se por entre as mandíbulas ameaçadoras de uma cerimônia de casamento. Pode manter a cabeça erguida durante o rodopiar de uma valsa arrebatadora e depois descansar em uma estufa escura, sem pegar nada mais grave do que um resfriado. Pode encarar uma caminhada ao luar por veredas perfumadas ou remar ao crepúsculo por entre juncos soturnos. Pode vencer a cancela de uma propriedade sem correr perigo, desvencilhar-se de uma cerca viva sem ficar preso, descer por uma ladeira escorregadia sem cair. Pode mirar um par de olhos cintilantes e ainda manter o equilíbrio. Ouve as vozes das sereias, mas segue navegando com o leme firme. Aperta mãos brancas entre as suas, mas não há neste mundo força que o mantenha subjugado àquela delicada pressão.

Não, nunca adoecemos de amor duas vezes. Cupido não desperdiça uma segunda seta no mesmo coração. As servas do amor tornam-se nossas amigas da vida inteira. Deixamos a porta sempre aberta ao respeito, à admiração e ao afeto, mas seu grande mestre celestial, em seu majestoso avanço, faz-nos uma única visita, e parte de vez. Podemos gostar, sentir ternura e tratar com muito carinho; amar, porém, nunca mais. O coração de um homem é feito fogo de artifício que reluz, breve, ao riscar o céu. Qual meteoro, cintila por um instante e ilumina com sua glória todo o mundo aqui embaixo. E então as trevas de nossa vida cotidiana e infame irrompem e o sufocam; o pavio, chamuscado, cai de volta à terra, onde jaz inútil, descartado, ardendo lentamente até virar cinzas. Uma vez na vida, libertamo-nos das amarras que nos aprisionam e ousamos, como o poderoso Prometeu, escalar o monte Olimpo e roubar da carruagem de Febo o fogo dos deuses. Felizes aqueles que, apressando-se na lida para evitar que a chama se extinga, logram acender seus altares terrestres. O amor é luz demasiado pura para brilhar por muito tempo entre os gases fétidos que respiramos; mas, antes que seja abafado para sempre, podemos usá-lo como faísca para inflamar o fogo aconchegante do afeto.

E, no fim das contas, esse brilho morno é mais adequado ao nosso cantinho na terra, tímido, frio, verdadeira antessala do mundo, do que ao espírito flamejante do amor. O amor deveria ser a chama das vestais de um templo glorioso – imenso e indistinto, e cuja música de órgão emula o rolar das esferas celestes. O afeto segue ardendo alegremente quando a chama branca do amor se extingue, tremeluzindo. O afeto é fogo que pode ser alimentado dia após dia, e pode crescer ainda mais com a chegada dos anos invernais. Velhos e velhas, mãos magras entrelaçadas, podem recostar-se ao seu lado; os pequenos também podem se aninhar ao seu redor; amigos e vizinhos encontrarão ali um refúgio; e até o desgrenhado Fido e o esguio Titty terão uma chance de tostar o focinho na grade.

Empilhemos as brasas da bondade sobre esse fogo. Elevemos as chamas com nossas palavras mais gentis, com o toque suave de nossas mãos, com nossos gestos mais atenciosos e desinteressados. Usemos o atiçador com bom humor, paciência e moderação. E deixemos, então, o vento soprar e a chuva cair desimpedidos, pois nossa lareira será sempre quente e radiante, e os rostos ao redor sempre espalharão luz, ainda que no horizonte nuvens se assomem.

Tenho pra mim, caros Edwin e Angelina, que vocês esperam muito do amor. Acreditam que o pequeno coração que lhes bate no peito tem força para alimentar essa paixão selvagem e devoradora durante a longa vida que têm pela frente. Ah, jovens!, não confiem muito nessa chama bruxuleante. Ela vai minguar com o passar dos meses, e não há como repor o combustível. E vocês testemunharão a brasa se apagar com um misto de raiva e decepção. A cada um de vocês parecerá que é o outro quem perde temperatura. Edwin perceberá com amargura que Angelina não corre mais até o portão para encontrá-lo, toda sorrisos e rubores; e, quando ele tosse, ela não começa a chorar nem diz, abraçando-o pelo pescoço, que não pode viver sem ele. O máximo que ela faz agora é sugerir uma pastilha para a garganta e, mesmo assim, usando um tom que insinua que é do barulho da tosse, mais do que qualquer outra coisa, que ela está ansiosa por se livrar.

Também a pobre Angelina derrama lágrimas silenciosas, porque Edwin já não carrega no bolso interno do colete o lenço presenteado pela companheira.

Ambos se surpreendem com o distanciamento do outro, mas nenhum dos dois enxerga a própria mudança. Se o fizessem, não sofreriam tanto. Procurariam a raiz do problema no lugar certo – na pequenez da natureza humana –, superariam juntos as falhas comuns e começariam a reconstruir sua casa sobre um alicerce mais firme e duradouro. Mas estamos cegos para nossas próprias deficiências e demasiado atentos às alheias. Tudo o que nos acontece é sempre culpa do outro. Angelina teria continuado a amar Edwin para sempre, bastava que Edwin não tivesse se tornado tão estranho e diferente. Edwin teria adorado Angelina por toda a eternidade se Angelina tivesse continuado a mesma garota por quem ele primeiramente se encantou.

É um momento doloroso para ambos quando a lâmpada do amor já se apagou e o fogo da afeição ainda não foi ateado, e o casal se vê tateando na madrugada gelada e úmida da convivência por um motivo para acendê-lo. Queira Deus que consigam armar o fogo antes que o dia comece a se despedir. Muitos sentam-se diante das brasas mortas, tiritando de frio, até cair a noite.

Mas de que serve essa pregação toda? Quem é que, ao experimentar correr pelas veias a urgência do amor jovem, pode imaginar que um dia aquele sopro perderá fôlego e intensidade? Para o rapaz de 20 anos, parece impossível amar menos ardentemente aos 60 do que ele já ama agora. Ele é incapaz de apontar sequer um cavalheiro de meia-idade, ou mesmo idoso, dentre seu círculo de conhecidos, que exiba sinais externos de apego desvairado à parceira, mas isso não parece minar a crença que cultiva em si mesmo. Seu amor nunca há de expirar; o dos outros, talvez. Ninguém jamais amou como ele e, portanto, é claro, a experiência do resto do mundo não lhe serve de molde. Desgraçadamente, antes dos 30 anos, já terá cerrado fileiras junto aos incrédulos. Não é culpa dele. Nossas paixões, as boas e as más, cessam quando não mais nos ruborizamos. Aos 30, não odiamos, não lamentamos, nem nos alegramos ou nos desesperamos como fazíamos antes dos 20. As desilusões já não nos incutem pensamentos suicidas, e sorvemos o sucesso sem beber até cair.

Absorvemos tudo em tom menor quando envelhecemos. Raros são os trechos elevados nos atos finais da ópera da vida. A ambição passa a acomodar objetivos menos ambiciosos. A honra se torna mais flexível e se adapta convenientemente às circunstâncias. E o amor – bem, o amor morre. "O desdém pelos sonhos da juventude" logo invade nosso coração, como uma geada fatal. Tenros brotos e botões em flor são ceifados e murcham, e da videira que ansiava espalhar seus ramos pelo mundo resta apenas um toco inerte, por onde a seiva não mais escorre.

Minhas encantadoras amigas consideram essa conversa toda uma grossa heresia da minha parte, eu sei. Além de rejeitarem a ideia de que um homem é incapaz de amar uma vez passada sua juventude, só irão se permitir ouvir-lhe as declarações quando uma boa quantidade de fios grisalhos houver lhe tomado a cabeça. As moças extraem suas noções sobre nosso sexo de romances escritos por outras mulheres e, comparados às monstruosidades que se travestem em homens nas páginas desse arremedo de literatura, a ave depenada de Pitágoras e o demônio de Frankenstein seriam exemplos até razoáveis de humanidade.

Nesses, por assim dizer, livros, o amante principal, ou deus grego, como a ele se referem todas com admiração – a propósito, elas nunca especificam com qual "deus grego" o cavalheiro guarda tão notável semelhança; pode ser um Vulcano corcunda, ou o duas-caras Janus, ou mesmo o idiota babão Sileno, o deus dos mistérios íntimos –, bem, o que essa tal figura tem de semelhança com essa trupe divina, no entanto, é o fato de ser um canalha, e talvez seja isso que elas queiram dizer no fim das contas. Mas nem mesmo à baixa masculinidade de seus protótipos clássicos nosso herói pode se agarrar, não passando de um bobalhão afeminado e desfibrado, e já beirando os 50 anos. Mas, oh!, a profundidade e a força que esse idoso reserva a colegiais inocentes e superficiais! Protejam-se, jovens Romeus e Leandros! Esse velho galanteador blasé é capaz de amar com um fervor histérico que, para ser descrito adequadamente, exige quatro adjetivos para cada substantivo.

Os velhos pecadores temos a sorte, caras amigas, de vocês estudarem apenas pelos livros. Se conhecessem o ser humano, saberiam que o gaguejar envergonhado de um rapaz conta uma história mais verdadeira que nossa ousada eloquência. O amor de um moço emana de um coração pleno de emoções; já o de um homem feito costuma resultar de um estômago pleno de comida. Na verdade, a vagarosa torrente de um homem adulto mal pode ser chamada de amor, se comparada à fonte impetuosa que jorra quando o coração de um jovem é atingido pelo raio celestial. Se desejam experimentar o amor, bebam do córrego límpido que a juventude lhes derrama aos pés. Não esperem até que se transforme em um rio lamacento para se abaixar e se deixar tocar pelas ondas.

Ou será que gostam desse sabor amargo – a água clara e cristalina seria insípida ao seu paladar, enquanto as impurezas acumuladas ao longo do percurso lhes arrepiam os lábios de prazer? Devemos acreditar naqueles que nos dizem que uma jovem busca somente as carícias da mão maculada pela sordidez de uma vida vergonhosa?

Eis o ensinamento proclamado dia após dia por aquelas páginas emboloradas. Será que as autoras, verdadeiras ajudantes do demônio, nunca pararam para pensar no mal que causam ao rastejarem pelo jardim divino anunciando a pueris Evas e tolos Adões que o pecado é doce e a decência, ridícula e vulgar? Quantas moças inocentes já não terão convertido em mulheres perversas? A quantos rapazes hesitantes já não terão apontado o atalho indigno como o caminho mais curto para o coração de uma donzela? Não é como se descrevessem a vida como ela é. Quando dizemos a verdade, o bem cuida de sobressair. Mas suas telas não passam de borrões grosseiros, pintados a partir das fantasias doentias de uma imaginação perturbada.

Agrada-nos imaginar as mulheres – influenciados pelo que nos revela seu próprio sexo – não como Loreleis que nos levam à desgraça, mas como anjos bons, que nos encaminham às alturas. O poder que detêm sobre o bem e o mal em muito supera seus anseios. É justamente na idade em que o caráter de um homem está se formando que ele tropeça no amor, e então a eleita ou bem o completa, ou bem o desfigura de vez. Sem se dar conta, ele se molda às vontades dela, para o bem e para o mal. Lamento faltar com a elegância aqui, mas me parece que as mulheres nem sempre usam sua influência para os melhores fins. No mais das vezes, o universo feminino é limitado pelo lugar-comum. Seu herói ideal é um príncipe de pequenez e, ao se rebaixarem a esse ponto, muitas mentes poderosas, enfeitiçadas pelo amor, "perdem-se para a vida, imprestáveis, sem nome nem fama".

E, no entanto, vocês mulheres poderiam nos tornar muito melhores, bastava quererem. Cabe a vocês, mais do que a todos os pregadores, fazer este mundo girar um pouco mais perto do céu. O cavalheirismo não morreu: apenas dorme por falta de ocupação. É tarefa de vocês despertá-lo para ações elevadas. São vocês que devem se mostrar dignas da devoção de um cavaleiro.

É tarefa de vocês serem superiores a nós. Foi por Una que o Cavaleiro da Cruz Vermelha guerreou. Não seria em nome de uma mera dama da corte, de ar afetado e tez maquiada, que o dragão teria sido morto. Sejam doces de mente e alma como o são de semblante, para que os intrépidos cavaleiros possam conquistar a glória ao seu serviço! Ah, mulher, dispa-se das capas com que se disfarça – o egoísmo, a afronta e a afetação! Apresente-se de novo como uma rainha sob o manto real de pureza singela. Mil espadas que ora enferrujam em ignóbil malemolência saltarão de suas bainhas para enfrentar o mal por sua honra. Mil Rolandos assumirão posição de combate, lança em riste, e o Medo, a Avareza, o Prazer e a Ambição cairão por terra perante suas cores.

Para quais nobres feitos nos faltava maturidade nos dias em que ainda éramos capazes de amar? Que elevadas existências não teríamos vivido por nossa eleita? O objeto do nosso amor era, antes, religião, pela qual morreríamos. Não se tratava de um mero ser humano, à nossa semelhança, que adorávamos. Mas sim uma rainha a quem nos curvávamos, uma deusa a que adorávamos.

E a adorávamos loucamente! E que doce adoração! Ah, meu rapaz, embale com carinho o sonho do amor juvenil enquanto é tempo! Você logo descobrirá que Tom Moore sabia do que estava falando ao cantar que nada na vida se comparava em doçura. Mesmo quando traz sofrimento, é um sofrimento delirante e romântico, que em nada lembra a dor entorpecida e mundana das tristezas vulgares. Quando você perde sua amada, quando a luz se apaga em sua vida e o mundo se estende diante de você como trilha longa e escura de horrores, mesmo aí respingos de encantamento vêm tingir seu desespero.

E quem não arriscaria padecer terrivelmente de amor para depois lhe experimentar os êxtases? Ah, e que êxtases! A simples lembrança já basta para nos fazer tremer. Que delícia dizer a ela que a amávamos, que vivíamos para ela e por ela morreríamos! Que delírios, sem dúvida, que torrentes de absurdos extravagantes despejamos, incontroláveis, e que cruel da parte dela fingir não acreditar! Quanta reverência lhe dedicamos! E como caíamos deprimidos quando a ofendíamos! E, no entanto, como era gostoso ser maltratado por ela e então mendigar-lhe perdão sem ter a menor ideia de onde havíamos errado! Como o mundo escurecia quando ela nos desprezava, o que sempre fazia, aliás, a diabinha, só para nos ver amuados; e como tudo no entorno se iluminava quando ela sorria! E os ciúmes que nutríamos de todos que a cercavam! Como odiávamos cada homem que apertava sua mão, cada mulher que a beijava – a empregada que arrumava seu cabelo, o menino que engraxava seus sapatos, o cachorro que ela afagava – embora fôssemos obrigados a respeitar este último! Como ansiávamos vê-la, e como nos comportávamos feito idiotas quando a encontrávamos, encarando-a sem dizer palavra! Como era impossível sairmos de casa a qualquer hora do dia ou da noite sem nos determos, por fim, diante das janelas de sua casa! Não tínhamos coragem de bater na porta, mas nos plantávamos na esquina, sem tirar o olho da fachada. Oh, se pelo menos a casa ardesse em chamas – o imóvel estava no seguro, tudo certo – e pudéssemos correr para salvá-la, pondo em risco nossa própria vida, e ainda sustentando gravíssimas queimaduras e ferimentos! Tudo para servi-la. Mesmo os pequenos atos nos enchiam de alegria. Como a observávamos, feito cães fiéis, para antever seus menores quereres! Quanto orgulho em atender seus caprichos! Que deleite lhe servir de capacho! Dedicar-lhe toda a nossa existência sem nunca pensar em nós mesmos era tarefa das mais simples. Sacrificaríamos nossos dias de descanso para depositar uma humilde oferenda em seu santuário, e nos sentiríamos plenamente recompensados se ela apenas se desse ao luxo de aceitá-la. Tudo o que ela santificava com seu toque se tornava precioso a nossos olhos – o pequeno par de luvas, o laço que usara nos cabelos, a rosa que aninhara na cabeça e cujas pétalas murchas ainda servem de marcadores para o livro de poemas que nunca mais nos demos o trabalho de abrir.

E como era bela, incrivelmente bela! Era como um anjo caído a entrar na sala; de repente, todo o resto perdeu a graça, ficou comum. Era demasiado sagrada para ser tocada. Parecia quase presunção dirigir-lhe o olhar. A nós, seria mais fácil cantar um pot-pourri de paródias pagãs durante a missa na catedral do que nos atrevermos a beijá-la. Já havíamos atingido o ápice da profanação ao nos ajoelharmos e, timidamente, trazermos sua graciosa mãozinha ao encontro de nossos lábios.

Ah, aqueles dias de desvario, em que éramos altruístas e tínhamos a mente pura; aqueles dias de desvario em que nosso coração simplório andava pleno de verdade, fé e reverência! Ah, aqueles dias de desvario, marcados por anseios nobres e por nobres esforços! E agora, os dias de hoje, dias sábios, guiados pela sensatez, em que sabemos que o dinheiro é a única recompensa pela qual vale a pena lutar, em que já não acreditamos em nada além de maldade e mentiras, em que a única criatura viva com quem nos importamos somos nós mesmos!

Do azedume

Até consigo tirar algum prazer da melancolia, e mesmo a mais absoluta tristeza pode me dar muita satisfação, mas de um ataque de azedume ninguém gosta. Ainda assim, todos passamos por isso, embora ninguém saiba dizer por quê. Nem tampouco sabemos de onde vem. Podemos senti-lo tanto depois de herdarmos uma fortuna como depois de dar-nos conta de que esquecemos no trem o guarda-chuva de seda recém-comprado. O efeito do azedume sobre nós é, de certa forma, semelhante ao que resultaria de um ataque combinado de dor de dente, indigestão e nariz entupido. Ficamos inquietos, irritadiços e meio apatetados; somos mal-educados com estranhos e perigosos com amigos; tornamo-nos desajeitados, emotivos e briguentos; um incômodo para nós mesmos e para quem está perto.

Enquanto sob o domínio do azedume, não conseguimos fazer nada nem pensar em nada, mas mesmo assim somos tomados por uma sensação de urgência, de que precisamos fazer alguma coisa. Como ficar quieto é uma impossibilidade, pomos o chapéu e saímos à rua; mas, antes de chegarmos à esquina, nos arrependemos de ter saído e damos meia-volta. Abrimos um livro e tentamos ler, mas Shakespeare nos soa batido, corriqueiro; Dickens, enfadonho e pedestre; Thackeray, um chato; Carlyle, demasiado piegas. Jogamos o livro de lado e deitamos a língua nos autores. Em seguida, enxotamos o gato da sala e fechamos a porta com um pontapé. Cogitamos, então, pôr a correspondência em dia e escrever algumas cartas, mas, depois de empacar quinze minutos em "Minha queridíssima tia, eis que me vejo com algum tempo livre, então me apresso a escrever-lhe", e não conseguir perpetrar outra frase, enfiamos o papel na gaveta, atiramos a caneta molhada de tinta sobre a toalha da escrivaninha e passamos a explorar a ideia de ir à casa dos Thompson. Enquanto calçamos as luvas, porém, ocorre-nos que os Thompson não passam de néscios, nunca servem comida às visitas, e ainda nos pedirão que cuidemos do bebê. Amaldiçoamos os Thompson e decidimos não ir.

A essa altura, nos sentimos totalmente aniquilados. Enterramos o rosto nas mãos e desejamos morrer e ir para o céu. Passamos a nos imaginar no leito de morte, envoltos pelo pranto de amigos e parentes. Abençoamos a todos, em particular moças jovens e bonitas. Todos hão de nos dar valor quando não mais estivermos aqui, dizemos a nós mesmos, e hão de reconhecer, tarde demais, a grande figura de cuja companhia foram privados; e contrastamos, amargurados, a suposta consideração que nos dedicarão lá adiante com a inequívoca falta de veneração que agora nos estendem.

Essas reflexões nos deixam um pouco mais animados, mas logo passa. Em seguida, percebemos como somos idiotas em ousar imaginar, por um instante que seja, que alguém lamentaria nossos infortúnios. Quem gastaria dois tostões furados (seja lá qual for o valor disso na moeda corrente da consciência dos homens) se preocupando se nosso fim se dará por explosão, enforcamento, casamento ou afogamento? Ninguém se importa conosco. Nunca fomos valorizados nem tampouco agraciados à altura de nossos méritos. Repassamos, então, nossa vida em revista para constatarmos, com dolorosa clareza, que fomos injustiçados desde o berço.

Meia hora de condescendência em causa própria acerca dessas ponderações é suficiente para nos despertar um estado de fúria selvagem contra tudo e contra todos, em especial contra nós mesmos, a quem só por óbvias razões anatômicas somos impedidos de chutar violentamente. Chega, então, a hora de dormir. Para esquivarmo-nos da possibilidade de cometer um desatino, lançamo-nos escada acima, ligeiros, e despimo-nos atirando as roupas pelo chão do quarto, apagamos as velas e pulamos na cama como se tivéssemos apostado fortuna no cumprimento dessas tarefas no menor tempo possível. E então nos reviramos na cama, pra lá e pra cá, por um par de horas. De vez em quando, para quebrar a monotonia, tiramos o pijama, jogamos para longe, e depois voltamos a vesti-lo. Por fim, mergulhamos num sono agitado e inconstante, temos pesadelos e acordamos tarde na manhã seguinte.

Pelo menos aos pobres solteiros é o que nos resta nessas circunstâncias. Os casados podem maltratar a esposa, reclamar do jantar e mandar os filhos irem logo para a cama. A estratégia resulta num ambiente de caos doméstico e serve de imenso alívio ao homem azedo, que só vê graça onde há discórdia.

Os sintomas da enfermidade são mais ou menos os mesmos em todos os casos, mas o mal em si recebe caracterizações variadas. O poeta anuncia: "um sentimento de tristeza de mim se apoderou". 'Arry se refere às aflições de seu coração inconstante confidenciando a Jimee sua "galopante irritação!". A nossa irmã não sabe o que lhe acometeu esta noite.

Terrivelmente indisposta, espera que tudo fique bem. O jovem topa conosco na rua e diz "que maravilha te encontrar, meu amigo, ando desanimado demais da conta". Quanto a mim, geralmente digo que "estou me sentindo esquisito hoje, meio agitado" e "acho que vou dar uma volta".

A propósito, a afecção nunca ataca a não ser ao anoitecer. À luz do dia, quando o mundo avança pleno de vitalidade, não dá para ficarmos resmungando, emburrados. O rugido da lida diária abafa as vozes dos duendes que nos entoam aos ouvidos seu *miserere* em tom menor. Durante o dia andamos coléricos, frustrados e até indignados, mas nunca azedos ou perdidamente melancólicos. Quando alguma coisa dá errado às dez da manhã, soltamos um palavrão e quebramos a mobília – ou melhor, o caro leitor solta um palavrão e quebra a mobília –; mas, se o infortúnio nos abate às dez da noite, recorremos à poesia, ou sentamos na penumbra e pensamos como o mundo é oco de sentido.

No mais das vezes, porém, não são as adversidades cotidianas que nos põem melancólicos. A realidade é demasiado inóspita para avivar em nós sentimentos brandos. Choramos demoradamente diante de uma foto, mas, se apresentados à cena original, desviaríamos o olhar sem pensar duas vezes. Falta *páthos* ao sofrimento concreto; a dor palpável carece de grandiosidade. Não brincamos com espadas afiadas nem abraçamos uma raposa arisca por escolha própria. Quando um homem ou uma mulher se deleitam em cultivar uma mágoa, buscando mantê-la sempre viva na memória, podemos ter certeza de que, para eles, a dor já passou. Por mais que tenham sofrido no início, a lembrança já se transfigurou em prazer. Amáveis senhorinhas que todos os dias admiram sapatinhos guardados em gavetas cheirando a lavanda, e que choram ao lembrar dos pezinhos miúdos que há muito deram, hesitantes, seus primeiros passos no mundo; e também as jovens de tez delicada que toda noite colocam sob o travesseiro um cacho de cabelo encaracolado que outrora foi de um rapaz a quem as ondas salgadas sapecaram o beijo da morte, hão de me acusar de ser um selvagem cínico e grosseiro e de só dizer asneiras. Mas creio, ainda assim, que, se acaso se perguntassem com sinceridade se desgostam tanto de habitar a tristeza, seriam obrigadas a responder "Não". Lágrimas são tão doces quanto o riso para certas naturezas. O inglês típico, sabemos pelo velho cronista Froissart, aprecia seus prazeres com angústia; já a mulher inglesa vai um passo além: é na própria angústia que busca o prazer.

E aqui não faço pouco de ninguém. Não faria pouco, nem por um instante, de algo que concorresse para preservar a delicadeza da alma diante do embrutecimento deste velho mundo. Nós, homens, já somos frios e sensatos o bastante; não queremos, nas mulheres, nossos iguais. Não, não, minhas queridas, sejam sempre sentimentais e sensíveis, como já o são – sejam a manteiga macia que completa o nosso pão seco e duro. Além disso, o sentimento é para as mulheres o que para nós é a diversão. Elas já não gostam de nosso humor, seria certamente injusto de nossa parte negar-lhes o pesar. E quem poderá dizer que seu passatempo é menos legítimo que o nosso? Por que supor que um corpo vergado, um rosto contorcido e uma boca semiaberta de onde saem, em série, guinchos ensurdecedores sugerem um estado de felicidade mais inteligente do que um rosto pensativo, que repousa sobre uma mãozinha branca e acomoda um par de olhos meigos, toldados por lágrimas, que olham para trás e contemplam o passado que se desbota na avenida escura do tempo?

Fico feliz quando vejo o Remorso acolhido como amigo – feliz porque sei que as lágrimas já não carregam sal, e que o belo rosto da Tristeza está livre do seu feitiço antes de ousarmos aproximar nossos lábios aos pálidos lábios dela. O tempo terá pousado sua mão restauradora sobre a ferida quando pudermos olhar para trás, para a dor sob a qual um dia desfalecemos, sem que nenhum amargor ou desespero nos ocupem o coração. O fardo já não pesa quando sentimos por nossos reveses passados apenas a mesma doce mistura de prazer e dó que experimentamos quando o velho coronel Newcome responde, com seu espírito de combatente, *adsum* ao ouvir seu nome, ou quando Tom e Maggie Tulliver atravessam de mãos dadas as brumas que os separavam e submergem, abraçados, nas águas caudalosas do Floss.

Falar dos pobres Tom e Maggie Tulliver me traz à mente uma frase de George Eliot acerca da melancolia. Ela fala da "tristeza de uma noite de verão". Que observação maravilhosamente verdadeira! – como tudo que saiu daquela maravilhosa pena. Quem já não sentiu o pungente encantamento daqueles prolongados crepúsculos? O mundo pertence então à Melancolia, uma donzela pensativa e de olhos profundos que não aprecia o brilho cortante do dia. É só quando "a luz cai e o corvo alça voo rumo ao bosque escuro" que ela surge em meio ao arvoredo. Seu palácio se encontra na terra do pôr do sol. É ali que ela nos recebe. Junto ao portão sombrio, ela nos toma pela mão e nos acompanha por seu reino místico. Não distinguimos nenhum corpo, mas parecemos ouvir o farfalhar de suas asas.

Mesmo em meio à rotina rumorosa da cidade, seu espírito vem até nós. Uma presença sombria se estende por ruas longas e monótonas; e o rio turvo se arrasta, fantasmagórico, sob os arcos negros, como se guardasse algum segredo sob suas ondas lamacentas.

No campo silencioso, quando as árvores e arbustos assomam indistintos em meio à noite que chega, e as asas do morcego se agitam diante de nosso rosto, e o grito do codornizão ressoa lúgubre pela floresta, o encanto cala ainda mais fundo em nosso coração. Parece que naquele momento estamos ao lado de um leito de morte invisível e, no balanço dos olmos, ouvimos o suspiro do dia que morre.

Reina então uma tristeza solene. Uma grande paz nos rodeia. À sua luz, nossas preocupações diurnas tornam-se pequenas e triviais, e o pão de cada dia – ah, sim, e até os beijos – não nos parece mais a única coisa pela qual vale a pena lutar. Pensamentos que não podemos verbalizar, mas apenas ouvir, invadem-nos e, paralisados no silêncio absoluto, sob a cúpula cada vez mais sombria que cobre a Terra, sentimos que somos maiores do que nossas existências tacanhas. Cobertos por essas cortinas escuras, o mundo não é mais uma mera oficina imunda, mas um templo majestoso onde o homem pode orar e onde, às vezes, na meia-luz, suas mãos tateantes tocam as de Deus.

Da privação

É uma coisa impressionante mesmo. Sentei com a intenção de escrever algo inteligente e original, mas nada de inteligente e original me ocorre, nem pra ganhar dinheiro – pelo menos não agora. A única coisa em que consigo pensar é que estou falido. Suponho que ter minhas mãos nos bolsos neste momento me lembrou dessa condição. É fato que sempre me sento com as mãos nos bolsos, exceto quando estou na companhia de minhas irmãs, primas ou tias; elas causam tamanho bafafá – melhor dizendo, protestam de modo tão eloquente – que acabo cedendo e sendo obrigado a tirá-las – as mãos do bolso, bem entendido. O cerne das objeções é que o gesto seria indigno de um cavalheiro. Que me caia um raio na cabeça se eu souber o porquê. Eu até entendo que seja indigno de um cavalheiro meter as mãos nos bolsos de terceiros (especialmente pelos terceiros), mas como, ó defensores das aparências, enfiar as mãos nos próprios bolsos torna um homem menos gentil? No entanto, talvez estejam certas. Pensando bem, já ouvi gente resmungar ferozmente ao fazer o gesto. Mas eram na maioria cavalheiros mais idosos. Nós, jovens, em geral nunca ficamos muito à vontade se não estamos com as mãos nos bolsos. Somos desajeitados e evasivos. Parecemos um mestre de cerimônias do *music hall* desprovido de fraque e cartola, se é que se pode imaginar uma coisa dessas. Mantendo as mãos nos bolsos, e lá encontrando umas moedas no lado direito e um molho de chaves no esquerdo, porém, estaremos prontos para encarar o humor de qualquer funcionária dos correios.

É difícil saber o que fazer com as mãos, mesmo quando estão metidas nos bolsos, se não há nada lá dentro além delas, as mãos. Há muitos anos, nos momentos em que todo o meu capital se reduzia a 1 mero xelim, eu esbanjava um pouco dessa miséria só para sentir o chacoalhar do troco, em moedas, no bolso. O indivíduo não se sente tão falido com dez moedas no bolso como com uma única moeda de 1 xelim. Fosse eu um sujeito afetado, desses pobretões de quem dizemos, superiores, que arrotam peru, teria no máximo trocado uma moeda por duas.

Posso falar com autoridade sobre o tema. Em certa época, fui ator em cidade pequena. Caso sejam necessárias mais provas, algo que não acho provável, posso acrescentar que "tive ligações com a imprensa". Já vivi com 15 xelins por semana. Também vivi com 10 xelins enquanto devia os outros 5; e ainda vivi quinze dias do penhor de um sobretudo.

É assombroso o que podemos aprender sobre economia doméstica quando estamos lisos. Quem quiser descobrir o valor do dinheiro deveria tentar viver com 15 xelins por semana e ver o quanto sobra para vestuário e lazer. Descobrirá que vale a pena esperar pelo troco, mesmo que seja só uma moeda, que vale a pena caminhar 1 quilômetro para economizar 1 centavo, que um copo de cerveja é um luxo a ser desfrutado apenas em raras ocasiões, e que uma camisa de colarinho pode ser usada por quatro dias.

Experimente viver na miséria antes de se casar. É um excelente treino. E antes de despachar seu filho e herdeiro para a universidade, cuide para que faça o mesmo. Dificilmente ele irá reclamar das 100 libras que receberá para as despesas anuais. Para certas pessoas, esse método faria um bem danado. Por exemplo, aquela florzinha delicada que não consegue beber clarete a menos de 8 xelins a garrafa, mas que não hesitaria em comer carne de gato em lugar de carneiro assado. Deparamos de quando em vez com esses pobres-diabos, embora, para crédito da humanidade, eles estejam mais confinados àquela apavorante e maravilhosa sociedade conhecida apenas por mulheres romancistas. Sempre que ouço falar de uma dessas criaturas criticando um cardápio, sinto um desejo louco de arrastá-la até o balcão de uma taverna vagabunda no East End e enfiar-lhe goela abaixo um jantar de 6 centavos – pudim de carne, 4 centavos; batatas, 1 centavo; meio litro de cerveja Porter, 1 centavo. A lembrança desse banquete (e o odor combinado de cerveja, tabaco e porco assado costuma deixar uma impressão indelével na memória) talvez induza esse infeliz a passar a torcer o nariz com menos frequência a tudo que lhe oferecem. E tem ainda o mão-aberta, aquele que faz a alegria dos mendigos, é generosíssimo com os trocados que leva no bolso, mas a quem nunca ocorre quitar as dívidas. Até um tipo como esse correria o risco de adquirir bom senso depois de uma ida à tal taverna. "Sempre deixo 1 xelim para o garçom. Não se pode dar menos, você sabe", explicou-me um jovem funcionário público com quem almocei outro dia na Regent Street. Concordei com ele quanto à impossibilidade absoluta de se deixar apenas 11 centavos e meio; mas ao mesmo tempo resolvi que um dia iria atraí-lo desavisadamente a um restaurante que conheço perto de Covent Garden, onde o garçom, para melhor desempenhar suas funções, anda em mangas de camisa – mangas imundas, diga-se, conforme se aproxima o fim do mês. Conheço bem esse garçom. Se meu amigo lhe der mais do que 1 centavo de gorjeta, o homem insistirá em lhe apertar a mão ali mesmo, em sinal de estima; disso tenho certeza.

Muita coisa engraçada já foi dita e escrita sobre a penúria, mas a realidade não tem graça nenhuma. Não é engraçado ter de pechinchar centavos. Não é engraçado ser considerado mesquinho e sovina. Não é engraçado andar maltrapilho e sentir vergonha do endereço onde moramos. Não, a pobreza nada tem de engraçado – para quem dela sofre. É o inferno na terra para um homem sensível; e cavalheiros valorosos, que teriam enfrentado bravamente os trabalhos de Hércules, viram seu espírito ser alquebrado pelas estocadas mesquinhas da miséria material.

Os desconfortos em si não são difíceis de suportar. Quem se importaria em passar por um pouco de aperto se tudo se resumisse a isto, um aperto? Será que Robinson Crusoe se preocupava em andar com um remendo nas calças? Será que usava calças? Não me lembro bem; ou será que agia como nas pantomimas? Será que se importava se os dedos dos pés saltassem para fora das botas? E daí que seu guarda-chuva era de algodão, desde que o protegesse da chuva? Sua aparência desgrenhada não o incomodava; seus amigos não estavam por perto para fazer pouco dele.

Ser pobre é detalhe sem importância. Ser conhecido por ser pobre é que dói. Não é o frio que leva um homem sem sobretudo a acelerar o passo. Não é o constrangimento em contar mentiras – ele já sabe que ninguém acreditará – que o faz corar quando afirma que considera os sobretudos prejudiciais à saúde e que, por princípio, nunca carrega um guarda-chuva. É muito fácil dizer que a pobreza não é crime. Não é mesmo; se fosse, os homens não teriam vergonha dela. Mas é vista como gafe, e é punida como tal. Um homem pobre é desprezado no mundo todo; desprezado tanto por um cidadão comum como por um nobre, tanto por um demagogo como por um lacaio, e nem todas as máximas já há muito escritas e desde sempre estudadas nos bancos escolares poderão torná-lo respeitado. As aparências são tudo, aos olhos da opinião pública, e o homem capaz de caminhar por Piccadilly de braços dados com o pilantra mais conhecido de Londres, desde que este esteja bem-vestido, prefere se esgueirar por um beco escuso se tiver que conversar com um cavalheiro digno, mas de roupas surradas. E o cavalheiro de roupas surradas sabe disso – melhor que ninguém – e dará uma volta no quarteirão para evitar topar com um conhecido. Aqueles que compartilharam de seus tempos de prosperidade nem precisam se preocupar em fingir que não o reconhecem. Ele mesmo receia mil vezes mais encontrá-los do que eles a ele; e, no que se refere à ajuda material de amigos, não há nada que ele mais abjure do que tal oferta. Só deseja ser esquecido; e, nesse ponto, geralmente tem a sorte de alcançar o desejo.

Acabamos por nos acostumar à privação, assim como a todo o resto, com a ajuda daquele maravilhoso médico homeopata, o Tempo. Reconhecemos à primeira vista a diferença entre os dois tipos de pobre, o veterano e o novato; entre o homem calejado, habituado a se virar e a gramar durante anos, e o pobre-diabo do principiante que se esforça para camuflar a própria miséria, e que vive temeroso de ser desmascarado. Nada marca essa diferença com mais clareza do que a maneira como cada um deles penhora o relógio. Diz o poeta em algum lugar: "Transitar com familiaridade na loja de penhores requer arte, não nasce do acaso". O sujeito entra na loja do "tio" com a mesma compostura que exibiria ao alfaiate – provavelmente mais, até. O ajudante chega a ser cortês e o atende de pronto, para grande indignação da senhora sentada ao guichê vizinho, que, no entanto, comenta sarcasticamente que não se importa de esperar "caso se trate de um cliente assíduo". Pois bem, pela maneira afável e profissional com que a transação é realizada, alguém poderia achar que se trata de uma compra de monta, a 3% ao mês. Em compensação, que trapalhada arma o homem que penhora seu primeiro objeto! Um jovenzinho que propõe casamento à amada é a confiança em forma de gente se comparado com ele. Fica enrolando do lado de fora da loja até conseguir atrair a atenção de todos os desocupados da vizinhança e despertar fortes suspeitas no policial da ronda. Por fim, depois de examinar detalhadamente o conteúdo das vitrines, o que faz com o propósito de dar aos transeuntes a impressão de que vai comprar um bracelete de diamantes ou coisa do tipo, entra na loja, e tenta fazê-lo com descuidada arrogância, assumindo ares de um bem-vestido membro da máfia. Lá dentro, abre a boca, mas a voz lhe sai baixíssima, ininteligível, e ele é obrigado a repetir tudo. Quando, no curso de sua exposição sem pé nem cabeça sobre um "amigo", a palavra "empréstimo" salta-lhe à boca, o atendente o interrompe de pronto e o instrui a subir a quadra à direita e entrar na primeira porta depois da esquina. O coitado sai da loja com uma cara na qual seria perfeitamente possível acender um cigarro, e com a mais absoluta certeza de que os olhares de todos os moradores do bairro estão sobre ele agora. Quando chega ao lugar certo, já esqueceu o próprio nome e endereço, e seu estado geral é de catatônica imbecilidade. Questionado em tom severo sobre como conseguiu pôr as mãos "nisso aqui", gagueja e se contradiz, e só por milagre acaba não confessando ter roubado o objeto naquele mesmo dia. E aí ouve do homem atrás do balcão que ali não fazem negócio com gente da laia dele, e que deve cair fora o mais rápido possível, o que ele faz, e só encerra a caminhada depois de percorrer 5 quilômetros, sem se lembrar do que sucedeu e sem ter a menor ideia de como chegou ali.

A propósito, como é estranho precisar recorrer a pubs e igrejas para saber as horas. Os relógios daqueles geralmente adiantam; os destas atrasam. Além disso, os esforços para enxergarmos o relógio do pub estando do lado de fora são imensos. Se empurramos delicadamente a porta de vaivém e espiamos lá dentro, atraímos para nós os olhares desdenhosos da garçonete, que imediatamente nos inclui na mesma categoria dos gatunos e pedintes da região. Também causamos certa agitação entre a ala dos clientes casados. Não vemos o relógio, que fica atrás da porta; e, ao tentarmos sair do recinto sem chamar a atenção, entalamos a cabeça na porta. O único outro jeito de descobrir as horas é pular para cima e para baixo diante da janela. Depois desse último procedimento, porém, se não sacarmos um banjo e começarmos logo a cantar, os jovens moradores da vizinhança, que se reuniram em nosso entorno com altas expectativas, ficarão desapontados.

Gostaria de saber também qual misteriosa lei da natureza determina que, meia hora depois de deixarmos o relógio "no conserto", invariavelmente alguém nos para na rua para perguntar as horas. Ninguém parece ter o menor interesse nesse tema quando trazemos o relógio no bolso.

As caras senhoras e os prezados senhores que nada sabem sobre a privação – e que, abençoados sejam, nunca aprendam – têm na loja de penhores o último estágio da degradação; mas aqueles que conhecem bem esse tipo de estabelecimento comercial (e meus leitores, sem dúvida, já se deram conta disso) muitas vezes se surpreendem, como o garotinho que sonhou que foi para o céu, ao reconhecerem ali tantas pessoas que não esperavam encontrar. De minha parte, acho que é uma opção muito mais soberana do que pedir dinheiro emprestado a amigos, e sempre tento fazer presente essa ideia a conhecidos meus que demonstram uma queda por me arrancar "algumas libras só até depois de amanhã". Mas nem todos concordam comigo. Um deles certa vez comentou que se opunha a penhorar objetos por princípio. Acho que, se ele tivesse dito que os juros é que violavam seus princípios, estaria mais perto da verdade: 25%. Pesado, sem dúvida.

Existem diferentes graus de penúria. Todos passamos por apertos, uns mais, outros menos – a maioria de nós, mais. Alguns se apertam por mil libras; outros, por 1 xelim. Neste exato momento, eu mesmo estou precisando arranjar 5 libras. Só por um ou dois dias. Pago em uma semana, no máximo, e se uma dama ou um cavalheiro dentre meus leitores pudesse fazer a gentileza de me emprestar essa quantia, eu ficaria muito grato. Poderiam enviar para o endereço dos meus editores, srs. Field & Tuer, peço apenas que nesse caso se certifiquem de fechar bem o envelope. Mando de volta uma promissória, como garantia.

Da vaidade e das vaidades

Tudo é vaidade e todos somos vaidosos. As mulheres são terrivelmente vaidosas. Os homens também – até mais, se é que isso é possível. E as crianças também, principalmente as crianças. Uma delas, neste exato momento, martela minhas pernas com as mãozinhas. Quer saber o que acho de seus sapatos novos. Francamente, não me dizem muito, os sapatos. Carecem de simetria e graça, além de exibirem uma aparência indescritível de desconforto (também desconfio que estão calçados nos pés trocados). Mas não digo isso. Não é crítica, mas sim lisonja o que ela quer; e então despejo elogios com um entusiasmo que, no íntimo, considero degradante. O teimoso querubim não ficaria satisfeito com menos. Certa ocasião, tentei fazer com essa menina as vezes do amigo atencioso, mas sem o menor sucesso. Ela havia me perguntado o que eu achava de sua conduta e comportamento gerais, e o fez nos seguintes termos: "Que que cê acha de mim? Cê góta de mim?". Vi ali uma boa oportunidade para fazer algumas observações salutares sobre sua conduta moral recente e respondi: "Não, não estou satisfeito com você". Lembrei-lhe então dos acontecimentos daquela mesma manhã e perguntei-lhe como é que ela, uma criança cristã, poderia esperar que seu tio, um homem bom e sensato, estivesse satisfeito com os modos de uma criança que naquele mesmo dia havia despertado a casa inteira às cinco da manhã; virado um jarro d'água às sete e depois rolado escada abaixo na tentativa de agarrá-lo; dado um banho à força no gato às oito; e sentado sobre o chapéu do pai às 9h35.

E o que ela fez? Por acaso me agradeceu a franqueza? Refletiu sobre minhas palavras e decidiu usá-las como aprendizado, levando a partir dali uma vida melhor e mais edificante?

Nada! Saiu berrando.

Em seguida, tornou-se agressiva e soltou:

"Seu feio... titio feio, feio e mau, hómi mau... mamãe!"

E reclamou de mim, vejam só.

Desde então, sempre que ela me pede um juízo, guardo os sentimentos para mim, preferindo expressar admiração desbragada pelas ações da jovenzinha, independentemente de seus méritos. E ela acena com a cabeça em aprovação e sai correndo a trombetear minha opinião pela casa. Ao que parece, usa minhas palavras como uma espécie de testemunho para propósitos mercenários, pois logo em seguida ouço seu balbuciar distante: "Titio falô qui sô boazinha – quelo dois bicotos".

Lá vai ela, agora, contemplando extasiada os próprios pés e murmurando "papato bunitu" – meio metro de presunção e vaidade, para não falar de outras perversidades.

As crianças são todas iguais. Lembro-me de estar nos jardins de uma casa nos subúrbios de Londres, numa tarde ensolarada, quando ouvi, de repente, uma voz estridente e aguda gritando de uma janela do andar superior para alguém que eu não conseguia ver, mas que estaria, tudo indica, no jardim vizinho: "Vovó, sô bonzinho, sô muto bonzinho, vovó; pus o calção do Bob".

Ora, até os animais são vaidosos. Outro dia vi um cachorro da raça terra-nova sentado em frente a um espelho na entrada de uma loja em Regent's Circus. O bicho admirava a própria imagem com uma presunção só vista em reuniões de sacristia.

Certa vez, estava em uma casa de fazenda durante a comemoração de um feriado importante. Não me lembro qual era a ocasião, mas era algo festivo, início da primavera, ou dia de pagamento, ou coisa parecida, e enfeitaram a cabeça de uma das vacas com uma guirlanda de flores. Bem, o improvável quadrúpede passou o dia empertigado feito uma colegial estreando um vestido novo; e, quando lhe tiraram a coroa, o animal ficou muito mal-humorado, a ponto de precisarem colocar-lhe o adorno de volta para ordenhá-la. Não é piada. É a pura verdade.

Quanto aos gatos, sua vaidade quase se iguala à dos seres humanos. Já vi um gato levantar e sair da sala depois de uma visita soltar um comentário depreciativo à espécie; já um elogio bem dado os faz ronronar por horas.

Eu gosto de gatos. São divertidos sem perceber. Encerram uma dignidade cômica, um ar de "Como ousa?", "Vá embora, não me toque!". Já os cães nada têm de altivos. Saúdam esfuziantes quem quer que lhes cruze o caminho. Quando encontro um cachorro que já conheço, dou uns tapas em sua cabeça, chamo-o de nomes ofensivos e o viro de barriga para cima. E lá ele fica, de boca aberta, me encarando feliz da vida.

Experimente fazer isso com um gato! A criatura nunca mais nos dirigiria a palavra enquanto vivêssemos. Não, para ganhar a confiança de um gato, devemos prestar atenção a cada gesto e proceder com cautela. Se o gato é desconhecido, é melhor começar dizendo: "Pobre gatinho". Depois disso, solte um ou dois "tadinho...tão bonitinho", em tom de reconfortante acolhimento. Não sabemos ao certo por que fazemos isso, e o bichano tampouco, mas o ato parece ensejar um estado de espírito adequado de nossa parte, e geralmente toca os sentimentos do felino a ponto de, se exibirmos boas maneiras e tivermos uma aparência ao menos razoável, o animal passar a arquear as costas e roçar o focinho contra o nosso corpo. Tendo chegado a esse estágio, podemos nos aventurar a acariciá-lo embaixo do queixo e até a fazer-lhe cócegas na cabeça, e a inteligente criatura então cravará suas garras em nossas pernas e entre nós reinará amizade e carinho, como expresso tão afetuosamente nestes lindos versos:

> Eu adoro o gatinho, tem a pele tão quentinha,
> E se eu o trato bem, ele logo em mim se aninha;
> Dou a ele carinho, afago e gostosuras sem fim,
> E o gatinho responde, mostrando que gosta de mim.

Os dois últimos versos nos dão uma ideia bem clara da noção de bondade humana que os gatos carregam. É evidente que, do ponto de vista felino, bondade é sinônimo de carinhos, afagos e gostosuras. Receio, porém, que essa visão tacanha da virtude não se limite aos gatos. Todos somos inclinados a adotar um padrão semelhante quando avaliamos os méritos de quem nos cerca. O homem bom é aquele que é bom para nós, e o homem mau é aquele que não faz o que queremos que faça. A verdade é que cada um de nós traz dentro de si uma convicção inata de que o mundo inteiro, e tudo ali contido, foi criado como uma espécie de apêndice incontornável de nós mesmos. Nossos semelhantes nasceram para nos admirar e atender às nossas várias demandas. Você e eu, caro leitor, habitamos o centro do universo, nas nossas respectivas visões. Você, no meu entender, foi criado por uma Providência atenciosa para ser capaz de ler o que escrevo – e me pagar por isso; enquanto eu, na sua opinião, sou um enviado ao mundo para escrever algo que você possa ler. As estrelas – como chamamos a miríade de outros mundos que se precipitam ao nosso redor em meio ao silêncio eterno – foram dispostas no firmamento para que o céu se mostrasse interessante quando o contemplamos à noite; e a lua, com seus mistérios obscuros e uma face eternamente oculta, não passa de um enfeite sob o qual podemos namorar.

Receio que a maioria de nós seja como o galo garnisé da sra. Poyser, que imaginava que o sol se levantava todas as manhãs para ouvi-lo cantar. "É a vaidade que faz o mundo girar." Não acredito que tenha existido um homem sem vaidade; se tivesse existido, seria um indivíduo com quem dificilmente alguém conseguiria conviver. Seria, claro, um homem muito bom, a quem respeitaríamos demais. E seria um homem admirável, digno de ser guardado em uma caixa de vidro e exibido como um espécime raro, digno de ser alçado a um pedestal e copiado, feito exercício escolar, digno até de ser reverenciado, mas nunca um homem a quem amaríamos, não um semelhante a quem estenderíamos a mão. Os anjos talvez sejam figuras extraordinárias, a seu modo, mas nós, pobres mortais, e em nosso estado atual, provavelmente os acharíamos um tédio só. Mesmo as pessoas que são "só" boas já nos deprimem bastante. É por causa de nossas falhas e imperfeições, e não de nossas virtudes, que nos aproximamos uns dos outros e encontramos afinidades. Diferimos muito em nossas qualidades mais nobres. É nos desatinos que nos igualamos. Alguns de nós são piedosos, outros são generosos. Alguns, poucos, são honestos, comparativamente falando; e alguns, menos ainda, talvez sejam sinceros. Mas, em termos de vaidade e fraquezas compartilhadas, podemos dar as mãos. A vaidade é um daqueles aspectos da natureza humana que nos une a todos. Do caçador indígena, orgulhoso de seu cinturão de escalpos, ao general europeu, cheio de si sob a fileira de condecorações e medalhas presas ao peito; do chinês satisfeito com o comprimento de seu rabo de cavalo até a "profissional da beleza" que sofre torturas para conquistar uma cintura de pilão; da pequena e desmazelada Polly Stiggins, a se pavonear pelas ruas de Seven Dials, com uma sombrinha esfarrapada a lhe cobrir a cabeça, até a princesa que desfila impávida pelo salão, arrastando um véu de 4 metros; de 'Arry, que com anedotas grosseiras arranca gargalhadas de seus amigos, até o estadista cujos ouvidos se inebriam pelos aplausos que saúdam sua aguda eloquência; do africano de pele escura, que troca seus óleos raros e marfim por meia dúzia de contas de vidro para pendurar no pescoço, até a donzela cristã que vende seu corpo alvo por vinte pedrinhas e um título de nobreza inútil para apor a seu nome – todos marcham, lutam, sangram e morrem sob o estandarte espalhafatoso da vaidade.

Sim, sim, a vaidade é verdadeiramente a força motriz que empurra a humanidade, e é a lisonja que lhe lubrifica as engrenagens. Se queremos angariar afeto e respeito neste mundo, devemos lisonjear as pessoas. Lisonjeie a todos, poderosos e humildes, ricos e pobres, tolos e sábios. Assim há de se sair muito bem. Elogie as virtudes deste homem e os vícios daquele outro. Elogie a todos por tudo, e especialmente pelo que lhes falta. Expresse sua admiração pela beleza dos homens, pela perspicácia dos tolos e pelos bons modos dos grosseirões. Seu discernimento e inteligência serão exaltados às alturas.

Não há quem seja imune à lisonja. O grão-duque, por exemplo – acho que é grão-duque o nome correto. Não sei o que significa, talvez um duque muito alto, ou muito gordo. Seja como for, longilíneo ou obeso, afirmo sem medo de errar que também um grão-duque será sempre presa fácil da lisonja; como qualquer outro ser humano, aliás, da condessa ao vendedor de comida para gatos, passando pelo trabalhador da lavoura e pelo poeta – e o poeta é muito mais fácil de ludibriar do que o homem do campo, pois a manteiga vai melhor no pão macio de trigo do que no bolo massudo de aveia.

Quanto ao amor, a lisonja é, sem dúvida, seu sopro vital. Enchamos uma pessoa de amor por si mesma, o que transbordar será o nosso quinhão, diz um certo francês espirituoso e realista, cujo nome não consigo lembrar de jeito nenhum. (Maldição! Os nomes nunca me vêm quando preciso.) Se dissermos a uma moça que ela é um anjo, só que mais angelical do que um anjo; que é uma deusa, apenas mais graciosa, majestosa e celestial do que a média das deusas; que é mais parecida com uma fada do que Titânia, mais bela do que Vênus, mais encantadora do que Partênope; mais adorável, formosa e radiante, em suma, do que qualquer outra mulher que já existiu, existe ou poderá existir, teremos causado uma impressão das mais favoráveis naquele jovem e crédulo coração.

Doce inocência! Ela acreditará em tudo que dissermos. É tão fácil iludir uma mulher – desse jeito.

Mas as pobres mocinhas odeiam bajulação, ou pelo menos é o que nos dizem; e quando você rebate: "Ah, querida, no seu caso, não é bajulação, é a pura verdade; sem exagero, você é a mais bela, a mais bondosa, a mais sedutora, a mais divina, a mais perfeita criatura que já pisou nesta terra", ela abrirá um sorriso tranquilo e aprovador e, encostando-se em seu ombro viril, murmurará que você é um bom sujeito, afinal.

Santo Deus! Imaginemos um homem tentando fazer amor e sendo absolutamente sincero, decidido a não proferir uma palavra sequer de mero elogio ou hipérbole, mas sim a limitar-se escrupulosamente aos fatos! Imaginemos que fite, extasiado, os olhos da amada e sussurre baixinho que ela não é de todo feia, especialmente se comparada a outras moças! Imaginemos que lhe segure a mãozinha e diga, da cor da pele, que é um tanto sem graça, além de manchada; e que diga, enquanto a aperta contra o peito, que o nariz dela, para um nariz arrebitado, é até que bonitinho; e que os olhos dela lhe parecem, tanto quanto se pode julgar, à altura do padrão médio de tais coisas!

Claro que esse homem não seria páreo para outro que descrevesse o rosto da jovem como uma rosa recém-desabrochada, o cabelo como um raio de sol errante aprisionado por seus sorrisos, e os olhos como duas estrelas brilhantes.

Existem várias maneiras de lisonjear alguém e, naturalmente, devemos adaptar nosso estilo ao alvo selecionado. Algumas pessoas gostam de lisonjas aplicadas em grossas camadas, como que lançadas de uma colher de pedreiro, o que exige muito pouca arte. Com pessoas mais sensíveis, porém, é preciso proceder com delicadeza, e agir antes por sugestão do que por palavras concretas. Já outros preferem embrulhar o elogio em insulto: "Ah, você é um tonto mesmo. Seria capaz de dar seus últimos tostões ao primeiro mendigo com ar de esfomeado que aparecesse"; enquanto há aqueles que só engolem a lisonja quando administrada por meio de um terceiro, de modo que, se C quer elogiar A, deve confidenciar a B, que é amigo íntimo de A, que considera A um sujeito formidável, e implorar a B que seja discreto e não mencione essa opinião a ninguém, especialmente para A. Mas cuide para que B seja confiável, caso contrário ele não mencionará nada mesmo, frustrando seu plano.

Os ingleses típicos, firmes e elegantes, que logo anunciam "odeio bajulação" e "a mim ninguém convence com lisonjas" etc. etc., são facílimos de manipular. Basta elogiá-los bastante pela falta de vaidade; pronto: podemos fazer com eles o que bem entendermos.

Afinal de contas, a vaidade é tanto uma virtude como um vício. É fácil recitar máximas de almanaque contra seu caráter pecaminoso, mas trata-se de uma paixão que pode nos empurrar tanto para o bem como para o mal. A ambição nada mais é que a vaidade encoberta por certo lustro. Queremos ser objeto de elogios e admiração – ou fama, se assim quisermos defini-la – e por isso escrevemos ótimos livros, pintamos quadros magníficos e entoamos doces canções; e ainda labutamos, dedicados, na biblioteca, na oficina e no laboratório.

Queremos enriquecer, não para desfrutar de facilidades e conforto – isso pode ser comprado em qualquer lugar por 200 libras por ano –, mas para que nossas casas sejam maiores e mais luxuosas que a dos nossos vizinhos; para que nossos cavalos e servos sejam mais numerosos; para que possamos vestir nossas esposas e filhas com roupas medonhas, mas caríssimas; e para que possamos oferecer jantares faustosos, dos quais nós mesmos, individualmente, não consumiremos sequer 1 xelim. E para conquistar isso tudo, ocupamo-nos de incentivar o trabalho no mundo com nosso espírito visionário, disseminando o comércio entre os povos e levando a civilização aos recantos mais longínquos do globo.

Não abusemos da vaidade, portanto. Em vez disso, façamos uso dela. A honra em si não passa de uma forma mais elevada de vaidade. Esse instinto não se restringe a dândis como Beau Brummel ou a coquetes como Dolly Varden. Existe a vaidade do pavão e a vaidade da águia. Os esnobes são vaidosos. Mas também o são os heróis. Venham, meus irmãos, jovem janotas como eu, sejamos vaidosos juntos. Vamos nos dar as mãos e fortalecer nossa vaidade. Que nos envaideçamos, não de nossas calças e aparências, mas sim de nosso coração valente e de nossas mãos calejadas pelo trabalho, da nossa franqueza, da nossa pureza, da nossa nobreza de caráter. Sejamos demasiado vaidosos para nos rebaixarmos a tudo que seja mesquinho ou vil, demasiado vaidosos para sermos tocados pelo medíocre egoísmo e pela sórdida inveja, demasiado vaidosos para enunciarmos uma indelicadeza ou praticar uma grosseria. Que nossa vaidade advenha de sermos cavalheiros honestos e sinceros num mundo de patifes. Orgulhemo-nos de nossos pensamentos elevados, de nossos grandes feitos, de nossa vida digna.

Da batalha cotidiana

Cá entre nós, não é exatamente o tipo de coisa a que um ocioso se dedica. Mas quem vê o jogo de fora, sabemos, consegue enxergar muito mais; e sentado aqui no meu caramanchão à beira do caminho, fumando meu narguilé da satisfação e mascando as doces folhas do lótus da indolência, posso fitar, pensativo, a multidão que avança aos trancos e barrancos pela longa estrada da vida.

A selvagem procissão não tem fim. Dia e noite ouvimos o pisar duro e rápido de miríades de pés – uns correm, outros andam, e há ainda quem manque; mas estão todos apressados, todos ávidos, numa corrida febril, esgotando a vida e os membros e o coração e a alma para alcançar o horizonte do êxito, que insiste em lhes escapar.

Observem com atenção enquanto irrompem – homens e mulheres, velhos e jovens, gentis e grosseiros, belos e feios, ricos e pobres, alegres e tristes – a toda brida, em desordenado atropelo. Os fortes empurram os fracos; os astutos deixam para trás os otários; os que vêm atrás tentam alcançar, a cotoveladas, quem segue à frente; os da dianteira, enquanto correm, afastam a pontapés quem os persegue. Prestem atenção a esse espetáculo, as atrações mudam a cada instante. Aqui temos um velho ofegante, caçando o fôlego, e ali uma tímida donzela conduzida por uma matrona de ar austero e rosto fechado; aqui vai um jovem estudioso, lendo um volume intitulado *Como subir na vida*, e deixando que a turba o ultrapasse enquanto ele mesmo segue aos tropeções, olhos grudados no livro; e eis aqui um homem de aparência entediada, arrastado pelo braço por uma mulher elegantemente trajada; aqui um rapaz mirando, melancólico, o vilarejo ensolarado que nunca mais voltará a ver; aqui, com passo a um tempo firme e solto, caminha um homem de ombros largos; e aqui, com passos furtivos, um sujeito de rosto magro, arqueado, que se esquiva enquanto avança, meio de lado, pelo caminho; aqui, com o olhar sempre fixo no chão, um malandro alterna, cauteloso, o lado da estrada por onde segue, na ilusão de que está progredindo; e aqui um jovem com rosto nobre para, hesitante, enquanto seus olhos migram o foco do objetivo distante para a lama sob seus pés.

E agora surge à nossa frente uma moça formosa, seus traços delicados são tomados por rugas a cada passo, e agora um homem vencido pelas preocupações, e agora um rapaz cheio de esperança.

Que multidão heterogênea – e põe heterogênea nisso! Príncipes e mendigos, pecadores e santos, açougueiros e padeiros e fabricantes de velas, ferreiros e alfaiates, lavradores e marinheiros – todos avançando embolados. Segue ali o advogado, de peruca e toga, e aqui o velho judeu que vende roupas usadas, com seu barrete encardido; aqui o soldado de capa escarlate, e acolá o papa-defunto em seu chapéu adornado com fitas negras e carcomidas luvas de algodão; aqui o erudito que exala bolor e folheia alfarrábios desbotados, e ali o ator perfumado exibindo seus vistosos brilharecos. Presente também o político loquaz anunciando panaceias legislativas, e aqui o charlatão peripatético pregando curas enganosas para os males humanos. Aqui o capitalista ladino, e ali o trabalhador musculoso; aqui o homem de ciência, e ali o engraxate; aqui o poeta, e acolá o cobrador das taxas de água; aqui o ministro do gabinete, e ali a bailarina. Aqui o taberneiro de nariz vermelho entoa louvores ao conteúdo de seus tonéis, e ali o professor especialista em temperança, que dá palestras sobre o tema a 50 libras por noite; aqui o juiz, ali o vigarista; aqui o padre, ali o apostador. Agora chega a duquesa coberta de joias, sorridente e graciosa; aqui a dona de hospedaria, magra e irritada com a cozinha; e acolá uma criatura hesitante, pavoneando-se, de rosto excessivamente pintado e duvidosa elegância.

Lado a lado, esforçam-se para avançar. Gritam, praguejam, rezam, gargalham, cantam e gemem, e assim, em grupo, lançam-se adiante. Nunca afrouxam o ritmo, a corrida nunca termina. Não há descanso à beira do caminho, nenhuma parada em fontes cristalinas, nada de pausas sob sombras verdejantes. É preciso seguir, seguir, seguir – seguir em meio ao calor, à multidão e à poeira – seguir ou ser pisoteado e se perder – seguir, com a têmpora latejando e os membros cambaleantes – seguir até o coração fraquejar, os olhos embaçarem, e um gemido abafado avisar aos que vêm atrás que já podem galgar mais um posto.

E, no entanto, apesar da cadência inclemente e da trilha pedregosa, quem, à parte o preguiçoso ou o beócio, é capaz de se manter alheio ao cortejo? Quem – como o viajante pego de surpresa pelo cair da noite, e que observa atento a festa das fadas até que arrebata e esvazia, em uma talagada, o cálice dos duendes, para se juntar ao turbilhão – pode assistir ao tumulto ensandecido sem por ele ser arrastado? Eu é que não.

Confesso que o caramanchão à beira do caminho, o cachimbo da satisfação, e as folhas de lótus são metáforas muito infelizes. Insinuam um ar interessante e filosófico, mas infelizmente não sou o tipo de pessoa que se acomoda em um caramanchão para fumar cachimbo quando tem gente se divertindo alhures. Acho que me pareço mais com aquele irlandês que, ao ver uma multidão se aglomerando, mandou a filha pequena perguntar se por acaso ia ter briga – "É que, se tiver arenga, o papai quer entrar".

Amo o embate feroz. Gosto de assistir. Gosto de ouvir as histórias de pessoas que não fogem à luta e pelejam brava e lealmente, sem recorrer à sorte ou à trapaça. Mexe com meu sangue de velho guerreiro saxão e me faz pensar nas lendas de "valentes cavaleiros que superaram imensas adversidades", histórias que tanto nos encantavam nos tempos de escola.

E a batalha da vida também é uma luta contra imensas adversidades. Existem gigantes e dragões neste século XIX, e a urna repleta de ouro de que são guardiães não é tão fácil de conquistar como contam os livros. Ali, Algernon lança um longo e derradeiro olhar ao salão ancestral, enxuga a lágrima que lhe escorre do olho e se vai – para voltar três anos depois, rolando em dinheiro. Os autores não nos contam "como", o que é uma pena, decerto seria fascinante.

Mas sabemos que um romancista a cada mil nos conta a verdadeira história de seu herói. Dedicam uma dúzia de páginas a um chá das cinco, mas resumem a história de uma vida com um simples "ele se tornou um de nossos mais respeitados comerciantes" ou "tornara-se um grande artista, com o mundo a seus pés". Ora, é possível encontrar mais vida real em uma das canções populares de Gilbert do que em metade dos romances biográficos já escritos. Ele nos relata todos os passos que levaram o menino de recados a se tornar o "comandante naval da rainha", e nos explica como o advogado sem clientes conseguiu se converter num juiz magnânimo, "pronto para julgar este jovem que descumpriu a promessa de casamento". É nos pequenos detalhes, e não nos grandes desfechos, que reside o interesse de nossa existência.

O que realmente queremos é um romance que nos revele as correntes subterrâneas, ocultas, que pautam a carreira de um homem ambicioso – as lutas, os fracassos, as esperanças, as decepções e as vitórias. Seria um enorme sucesso. Tenho certeza de que a história de um homem que fizesse a corte à Fortuna resultaria num relato tão interessante como o de quem corteja uma donzela de carne e osso, embora, a propósito, a trama fosse extremamente similar, sendo a Fortuna, de fato, como os antigos a pintavam, muito parecida com uma mulher – não tão irracional e inconstante, mas quase – e a abordagem é praticamente a mesma num caso e no outro. O dístico de Ben Jonson,

> Cortejemos uma dama, e ela diz "não", e pragueja;
> Mas, se lhe viramos as costas, é ela quem corteja,

põe ambas no mesmo saco. Uma mulher nunca se interessa de fato pelo seu pretendente até o momento em que ele perde o interesse; e só depois de estalarmos os dedos na cara da Fortuna e lhe darmos as costas é que ela começa a sorrir para nós.

Mas aí já não importa se ela sorri ou franze a testa. Por que não foi capaz de sorrir quando seus olhares afetuosos nos teriam enchido de felicidade? Tudo chega tarde demais neste mundo.

Pessoas de bem dizem que é assim mesmo que deve ser, e que isso prova que a ambição é algo ruim.

Bobagem! As pessoas de bem estão totalmente erradas. (Sempre estão, na minha opinião. Nunca concordamos em nada.) O que seria do mundo sem os ambiciosos, pergunto eu? Ora, seria tão sem graça quanto um bolinho de Norfolk. Gente ambiciosa é o fermento que transforma o mundo. Sem os ambiciosos, o mundo nunca se ergueria. Os ambiciosos são os intrometidos que levantam cedo e logo começam a martelar, a falar em voz alta, a mexer nos ferros da lareira, tornando impossível para o resto da casa ficar embaixo das cobertas.

É errado ser ambicioso, com certeza! Estão errados os homens que, com as costas curvadas e a fronte molhada de suor, rasgam a estrada suave pela qual a humanidade avança de geração em geração! Erram também os homens que fazem uso dos talentos que seu mestre lhes confiou – trabalhando enquanto os outros se divertem!

É claro que eles buscam sua recompensa. O homem não é dotado daquele altruísmo divino segundo o qual apenas o bem dos outros importa. Mas, ao trabalharem para si mesmos, trabalham por todos nós. Estamos tão ligados que nenhum homem pode labutar somente em causa própria. Cada golpe que o ambicioso desfere em benefício próprio ajuda a moldar o universo. O riacho, na batalha para seguir seu curso, faz girar a roda do moinho; o inseto do coral, ao construir sua minúscula célula, une continentes; e o homem ambicioso, ao erguer um pedestal para si mesmo, deixa um monumento para a posteridade. Alexandre e César lutaram por propósitos individuais, mas, ao fazerem isso, estenderam uma faixa de civilização que cobriu meio planeta. Stephenson, para angariar fortuna, inventou a máquina a vapor; e Shakespeare escreveu peças de teatro para prover um lar confortável à sra. Shakespeare e aos pequenos Shakespearezinhos.

Pessoas satisfeitas e pouco ambiciosas também são boas, à sua maneira. Formam um pano de fundo aprazível e útil sobre o qual se pintam os grandes retratos, e constituem um público respeitável, ainda que não particularmente inteligente, para a atuação dos espíritos ativos da época. Nada tenho a dizer contra as pessoas sem ambição, desde que não abram a boca. Mas, pelo amor de Deus, não as deixe andar por aí, pavoneando-se, como adoram fazer, a proclamar que são elas os modelos para toda a espécie humana. Ora, não passam de mortos-vivos, de zangões na grande colmeia, de multidões que vagueiam pelas ruas, boquiabertas diante daqueles que de fato trabalham.

E que tampouco imaginem – como também adoram fazer – que são muito ponderados e filosóficos, e que há ciência por trás da falta de ambição. Pode até ser verdade que "a mente satisfeita é feliz em qualquer lugar", mas um jumento também o é, e a consequência desse fato é que ambos são postos onde for possível e tratados do jeito que der. "Ah, não se preocupem com esse aí", é o que dizem; "está satisfeito assim e seria uma pena incomodá-lo". E, desse modo, o homem satisfeito é passado para trás, e o insatisfeito assume seu lugar.

Se formos suficientemente tontos para nos sentirmos satisfeitos, que pelo menos não o demonstremos, antes resmunguemos com o resto dos homens; e, mesmo que nos contentemos com pouco, é melhor pedir muito. Porque, se assim não fizermos, acabaremos não recebendo nada. Neste mundo é necessário adotar o princípio abraçado pelo queixoso em um processo por perdas e danos, e exigir dez vezes mais do que estamos dispostos a aceitar. Se nos damos por satisfeitos com cem, comecemos insistindo que queremos mil; se começamos sugerindo cem, acabamos por receber apenas dez.

Foi por não seguir essas regras simples que o pobre Jean-Jacques Rousseau sofreu tanto. Ele fixou como ápice de sua bem-aventurança terrena viver em um pomar com uma mulher afável e uma vaca, e nem isso conseguiu. O pomar ele até arranjou, mas a mulher nada tinha de afável e ainda trouxe a mãe para morar junto, e não havia, para completar, vaca nenhuma. Agora, se tivesse almejado uma grande propriedade rural, uma casa repleta de anjos e o controle de uma feira pecuária, talvez tivesse conseguido sua hortinha de fundo de quintal e uma única cabeça de gado, e talvez até topasse com essa *avis rara* – uma mulher realmente afável.

Que coisa terrivelmente entediante, além de tudo, deve ser a vida das pessoas desprovidas de ambição! Como deve pesar-lhes o tempo que têm em mãos, e com que diabos ocupam seus pensamentos, supondo que os tenham? Ler o jornal e fumar cachimbo parece ser o alimento intelectual da maioria delas, a que as mais vigorosas acrescentam tocar flauta e falar da vida do vizinho.

As pessoas satisfeitas nunca desfrutaram da empolgação da expectativa nem do prazer austero do esforço realizado, nunca sentiram o pulsar do sangue nas veias daquele que tem esperanças e planos. Para o ambicioso, a vida é um jogo extraordinário – um jogo que exige toda a sua perícia, energia e coragem – um jogo a ser vencido, a longo prazo, pelo olho rápido e pela mão firme, ainda que o acaso desempenhe papel suficientemente importante para emprestar-lhe o glorioso sabor da incerteza. Ele exulta nesse jogo como o nadador corpulento que rompe o vagalhão, como o lutador emaranhado no corpo a corpo, como o soldado na linha de frente.

Caso seja derrotado, sobra-lhe ainda o prazer amargo de ter lutado; se perder a corrida, pelo menos correu. Melhor trabalhar e fracassar do que passar a vida dormindo.

Então, aproximem-se, aproximem-se todos. Aproximem-se, senhoras e senhores! Aproximem-se, meninos e meninas! Mostrem suas habilidades e testem sua força; desafiem a sorte e provem sua coragem. Aproximem-se! O espetáculo nunca termina e o jogo está sempre em andamento. O único esporte digno do nome em toda a feira, senhores – altamente respeitável e estritamente dentro dos padrões morais –, endossado pela nobreza, pelo clero e pela plebe. Criado no ano um, senhores, e próspero desde então. Aproximem-se! Aproximem-se, senhoras e senhores, e tentem a sorte. Há prêmios para todos e todos podem jogar. Temos ouro para o homem e fama para o rapazote; um bom partido para a donzela e prazeres para os tolos. Aproximem-se, senhoras e senhores, aproximem-se! – todo mundo leva alguma coisa, ninguém joga em vão. É certo que apenas uns poucos vencem, mas quanto aos restantes, bem

O êxtase da disputa
É o prêmio do derrotado.

Do clima

As coisas teimam em ir sempre contra os meus planos. Eu queria falar aqui de um tema novo, que fugisse do óbvio. "Vou tramar um texto sobre algo totalmente inédito", disse a mim mesmo; "um assunto sobre o qual ninguém ainda escreveu ou falou; e aí poderei abordá-lo como eu bem entender". Passei dias tentando pensar em algo assim; mas não consegui. A sra. Cutting, nossa faxineira, veio trabalhar ontem – não me importo de mencionar seu nome porque sei que ela jamais lerá este livro. Nunca daria atenção a uma publicação tão frívola. Suas únicas leituras são a Bíblia e o *Lloyd's Weekly News*. Considera todo o restante da literatura desnecessário e pecaminoso.

"O senhor parece preocupado", ela me disse.

Eu respondi: "Sra. Cutting, estou tentando pensar em um assunto cuja discussão porá o mundo em sobressalto – um assunto sobre o qual nenhum ser humano jamais disse uma palavra, um assunto que atrairá atenção por seu ineditismo e revigorará o debate por seu surpreendente frescor".

Ela riu, disse que eu era engraçado.

Que sina, a minha. Quando faço observações sérias, as pessoas riem; quando tento contar uma piada, ninguém entende. Contei uma ótima na semana passada. Achei que era tão boa que cheguei a preparar o terreno para que se encaixasse perfeitamente durante um jantar com amigos. Os detalhes exatos me escapam agora, mas estávamos conversando sobre a atitude de Shakespeare diante da Reforma, e então fiz um comentário qualquer e logo emendei: "Ah, isso me lembra de uma coisa muito engraçada que aconteceu outro dia em Whitechapel". "É mesmo?", disseram, "o quê?". "Olha, foi hilário", retruquei, já começando a rir também; "vocês vão morrer de rir", falei.

Fez-se um silêncio mortal quando terminei – para piorar, era daqueles causos longuíssimos –, até que alguém finalmente falou: "Já acabou? Era só isso?".

Assegurei-lhes que sim, e foram todos muito educados e acreditaram na minha palavra. Todos, exceto um velho cavalheiro na outra ponta da mesa, que queria saber qual era a piada – o que ele tinha dito a ela, ou o que ela tinha dito a ele; e ficamos discutindo essa filigrana.

Algumas pessoas funcionam muito do avesso mesmo. Conheci um sujeito cuja tendência natural de rir de tudo era tão forte que, se quiséssemos falar a sério com ele, precisávamos explicar de antemão que o que íamos dizer não era piada. Se não deixássemos isso bem claro, ele teria acessos de riso a cada palavra que pronunciássemos. Ouvi que certa vez, quando um estranho lhe perguntou as horas na rua, ele estancou, deu uma palmada na perna e desatou a gargalhar. Ninguém se atrevia a dizer algo realmente engraçado àquele homem. Uma boa piada iria fulminá-lo na hora.

No caso em questão, repudiei veementemente a acusação de frivolidade e pressionei a sra. Cutting por sugestões mais práticas. Ela pensou um pouco e arriscou "rendas e bordados"; afirmando que já não se falava muito sobre isso agora, mas que era o assunto da moda em seus tempos de menina.

Recusei o tema e implorei para que pensasse em outra coisa. Ela refletiu por um bom tempo, segurando a bandeja de chá nas mãos, e por fim sugeriu que eu escrevesse sobre o clima, que, segundo ela, andava medonho ultimamente.

E, desde que ouvi essa sugestão idiota, não consigo tirá-la da cabeça nem pensar em mais nada.

O clima anda horroroso, sem dúvida. Ou pelo menos está assim agora, no momento em que escrevo;

e, se não estiver particularmente inóspito quando o leitor se puser diante destas linhas, logo estará.

Para nós, o clima está sempre horroroso – é como o governo: no geral, ruim. No verão, dizemos que o calor sufoca; no inverno, que o frio castiga; na primavera e no outono, culpamos o tempo por não ser nem uma coisa nem outra, e rogamos que se decida logo. Se o tempo está bom, ensolarado, dizemos que o país irá à falência por falta de chuva; se chove, oramos por tempo bom. Se dezembro passa sem neve, exigimos saber, ultrajados, o que aconteceu com os invernos de antigamente, e agimos como se nos tivessem roubado algo que havíamos comprado; mas aí, quando neva, praguejamos num linguajar de causar vergonha a qualquer nação cristã. Não estaremos satisfeitos até que cada homem determine o próprio clima e o guarde para si.

Como isso não pode ser providenciado, melhor seria não ter clima nenhum.

Mesmo assim, acho que é só para nós, nas cidades, que o clima parece sempre indigesto. Em sua própria casa, o campo, a Natureza é doce em todos os seus estados de espírito. O que pode ser mais bonito do que a neve, caindo plena de mistério em silenciosa suavidade, pintando de branco os campos e as árvores, como se para um casamento de fadas! E que delícia a caminhada quando o solo congelado estala sob nossos passos hesitantes – quando nosso sangue palpita no ar rarefeito e cortante, e o latido distante dos cães pastores e o riso das crianças ressoam, leves e nítidos, como sinos alpinos, pelas colinas abertas! E patinar, que maravilha! Deslizar com asas de aço pelo gelo escorregadio, sussurrando uma canção enquanto voamos. E como é delicada a primavera – a Natureza nos seus doces 18 anos!

Ah, a primavera, quando folhas pequeninas e plenas de esperança despontam tão frescas e tão verdes, tão puras e tão cintilantes, como jovens vidas emergindo timidamente em um mundo atarantado; quando as árvores frutíferas florescem, rosadas e brancas, como donzelas da aldeia em seus vestidos de domingo, ocultando cada casinha caiada atrás de uma nuvem de frágil esplendor; e o canto do cuco flutua na brisa que sopra pelos bosques! E o verão, com seu verde-escuro e seu sussurro preguiçoso – quando as gotas de chuva revelam segredos solenes às folhas atentas e o crepúsculo se arrasta nas alamedas! E o outono! Ah, tristemente belo, com seu brilho dourado e a grandiosidade moribunda de suas matas tingidas em cores fortes – seu pôr do sol vermelho-sangue e suas névoas espectrais, com o murmúrio agitado dos ceifeiros e os pomares carregados de fruta e o chamamento da colheita e os festivais de louvor!

A própria chuva e o granizo parecem apenas servos úteis da Natureza quando os flagramos cumprindo seus deveres singelos no campo; e o vento leste não é pior que um amigo turbulento quando com ele deparamos por entre as cercas vivas.

Na cidade, porém, onde o estuque pintado cobre-se de bolhas sob o sol abrasador e a chuva carregada de fuligem traz lama e lodo, e a neve se acumula em montes sujos, e o vento chega em rajadas gélidas, assobiando por entre ruas imundas e zunindo ao dobrar esquinas iluminadas a gás, ali o rosto encantador da Natureza não se nos revela. O clima nas cidades é como uma cotovia em um escritório de contabilidade – fora do lugar, um estorvo. As cidades deveriam ser cobertas, aquecidas por tubulações de água quente e iluminadas por eletricidade. O clima é uma moça do interior, não se destaca na cidade. Gostávamos muito de flertar com ela no meio do feno, é certo, mas ela não nos parece tão fascinante quando a encontramos na Pall Mall. Chama demais a atenção. O riso franco e desabrido e o vozeirão vigoroso, que soavam tão doces no estábulo, contrastam clamorosamente com a artificialidade da vida na cidade, e seus modos se tornam muito cansativos.

O clima nos tem brindado com chuva quase ininterrupta já há quase três semanas; e eu agora não passo de um corpo encharcado, sempre molhado, em estado quase ofensivo, para citar o sr. Mantalini.

Nosso vizinho de porta sai para o jardim dos fundos de vez em quando e diz que está fazendo um enorme bem ao país – não sua ida ao jardim, mas a enxurrada, bem entendido. Ele não entende patavina do assunto, mas, desde que começou a plantar pepinos no verão passado, considera-se um agricultor, e solta esses absurdos para impressionar a plateia com a ideia de que é um fazendeiro aposentado. Só espero que dessa vez ele esteja certo e que o clima realmente esteja fazendo bem a alguma coisa, porque a mim só tem feito mal, arruinando minhas roupas e meu humor em igual medida. Quanto a este último, não me incomodo, tenho um bom suprimento dele, mas me magoa sobremaneira ver meus queridos chapéus e pares de calças fenecendo, prematuramente gastos e envelhecidos, sob o aguaceiro e as nevascas deste mundo frio.

Ali jaz meu novo terno de primavera, por exemplo. Era lindo, de fato, e agora está pendurado no cabide, tão salpicado de lama que mal suporto dirigir-lhe o olhar.

Culpa do Jim, isso sim. Eu nunca deveria ter saído vestindo o terno naquela noite, não tivesse ele insistido. Eu estava experimentando a roupa nova quando ele entrou. Ergueu os braços com um berro assim que me avistou e sentenciou "As moças não terão nenhuma chance de escapar!".

Ao que perguntei: "Ficou bom aqui atrás?".

"Melhor impossível, meu caro", respondeu ele. E então quis saber se eu queria sair com ele.

A princípio, eu disse que não, mas ele ignorou minha vontade. Decretou que um homem vestindo um terno daqueles não tinha o direito de ficar trancado em casa. "Todo cidadão", continuou, "tem um dever para com o público. Cada um deve contribuir para a felicidade geral segundo suas possibilidades. Vamos lá, dê uma colher de chá às mulheres".

Jim gosta de usar gírias. Não sei de onde ele tira esse palavreado. De mim é que não é.

"Acha mesmo que elas vão gostar?", perguntei. Ele disse que para elas seria como passar um dia no campo.

A resposta me convenceu. Estava uma noite das mais agradáveis e lá fui eu.

Quando voltei para casa, tirei a roupa e me lambuzei com uísque, enfiei os pés numa bacia de água quente e pus no peito um emplastro de mostarda, tomei uma tigela de mingau e um copo de conhaque com água quente, passei banha no nariz e fui para a cama.

Essas medidas rápidas e vigorosas, auxiliadas por uma compleição naturalmente robusta, serviram para me salvar a vida; mas quanto ao terno! Bem, não era mais um terno; e sim uma tábua de cozinha.

E eu gostava muito daquele terno. Mas é sempre assim. Basta eu me apegar a qualquer coisa neste mundo para que uma imensa tragédia logo irrompa. Tive um rato domesticado quando menino e amava o animalzinho como só um garoto pode amar um velho rato-d'água. Até que um dia o bicho caiu numa grande tacha de geleia de groselha que esfriava na cozinha, e ninguém percebeu que fim levara a pobre criatura até que as pessoas começaram a repetir a sobremesa.

Odeio tempo chuvoso na cidade. Nem é tanto a chuva que me aborrece, é mais a lama. Não sei bem por quê, mas pareço exercer um irresistível poder de sedução sobre a lama. Mal piso na rua em um dia lamacento e sou imediatamente coberto pela dita-cuja. É a sina dos que são muito atraentes, como disse a velhinha ao ser atingida por um raio. Outros conseguem sair às ruas em dias empoeirados, caminhar por horas e ainda se apresentar imaculados; ao passo que eu, mesmo que só atravesse a rua, volto para casa em estado lamentável (como, em meus dias de rapazote, minha santa mãe tantas vezes tentou me explicar). Se houvesse apenas um respingo de lama em toda Londres, estou convencido de que eu conseguiria arrebatá-lo de todos os concorrentes.

Eu gostaria de poder retribuir esse carinho todo, mas receio que nunca serei capaz. Tenho horror ao tal *fog* londrino. Sinto-me infeliz e pegajoso nesses dias úmidos e ensebados, e é um tremendo alívio tirar a roupa e ir para a cama, deixando para trás as contingências do mau tempo. Tudo dá errado nos dias chuvosos. Não sei o motivo, mas me parece sempre haver mais gente, mais cães, mais carrinhos de bebê, mais tílburis, mais carroças pelas ruas quando chove do que em qualquer outra ocasião, e todos atravessam meu caminho com mais determinação, e todos se revelam muito mais desagradáveis – exceto eu –, e isso me tira do sério. Além de tudo, sempre me pego levando mais coisas nas mãos no tempo chuvoso do que no tempo seco; e quando carrego uma sacola, três pacotes, um jornal e, de repente, desata a chover, não consigo abrir o guarda-chuva.

O que me lembra de outro tipo de clima que não suporto, que é o clima de abril (assim chamado porque sempre vem em maio). Os poetas adoram. Como o clima nessa época do ano muda a cada cinco minutos, os bardos gostam de compará-lo a mulheres; e por isso é considerado encantador. Eu não gosto. Esse tipo de mudança relâmpago pode ser muito bom em uma moça. É, sem dúvida, muito agradável lidar com uma pessoa que sorri por um momento, e choraminga no instante seguinte exatamente pela mesma razão, e que ora solta risadinhas, ora fecha a cara, e que se revela malcriada, afetuosa, mal-humorada, alegre, turbulenta, quieta, apaixonada, fria, distante e desleixada, tudo isso no espaço de um minuto (não sou eu quem está dizendo isso, são os poetas, supostamente entendidos no assunto); mas no caso do clima, as desvantagens desse sistema são claras. As lágrimas de uma mulher não encharcam ninguém, mas a chuva sim; e sua frieza não abre caminho para a asma e o reumatismo, como o vento leste costuma fazer. Posso dar conta, e até tolerar bem, um dia de mau tempo normal, mas não suporto esses dias em que experimentamos todos os tipos de clima em poucas horas. Fico irritado ao ver um céu azul brilhando acima de mim enquanto caminho completamente encharcado, e há algo de exasperante na maneira como o sol emerge sorridente após uma chuva torrencial, como que a dizer: "Minha Nossa Senhora, não me diga que está todo molhado? Muito me surpreende, eu só queria me divertir".

Não há tempo sequer para abrir ou fechar o guarda-chuva em um abril inglês, sobretudo se for "automático" – o guarda-chuva, bem entendido, não o mês de abril.

Comprei um "automático" certa vez em abril, e que aventura passei com ele! Como eu precisava de um guarda-chuva, fui a uma loja na Strand e disse isso ao atendente, que me respondeu:

"Sim, senhor. Que tipo de guarda-chuva gostaria?"

Respondi que queria um que me protegesse da chuva e não se deixasse esquecer em um vagão de trem.

"Experimente um 'automático'", disse o vendedor.

"O que é um 'automático'?", perguntei.

"Oh, é um belo equipamento", respondeu o homem, sem disfarçar o entusiasmo. "Ele se abre e se fecha sozinho."

Comprei e descobri que era verdade. O guarda-chuva abria e fechava sozinho. Eu não tinha nenhum controle sobre aquele objeto. Quando começava a chover, o que sucedia de cinco em cinco minutos naquela época do ano, eu tentava fazer a traquitana abrir, mas ela não obedecia; e então eu ficava ali parado, em pé, brigando com a maldita geringonça, sacudindo-a e xingando-a, enquanto a chuva despencava a cântaros. E depois, assim que a chuva parava, o estrupício abria de repente, e não fechava mais; e eu tinha de caminhar sob um céu azul limpíssimo, com o guarda-chuva a me cobrir a cabeça, desejando que a chuva voltasse a cair para eu não parecer um maluco.

Quando o guarda-chuva finalmente fechava, era de estalo, inesperadamente, e me arrancava o chapéu.

Não sei por que é assim, mas é um fato inegável da vida: nada faz um homem parecer mais olimpicamente ridículo do que perder o chapéu. O sentimento de angústia e desamparo que nos percorre a coluna ao subitamente percebermos que temos a cabeça nua figura entre os sofrimentos mais agudos a que a carne se submete. Na sequência, vem a perseguição desvairada atrás do acessório, em geral acompanhada por um cãozinho alucinado, que acha que tudo é uma grande brincadeira, no decorrer da qual fatalmente assustaremos três ou quatro criancinhas inocentes – para não falar das mães –, trombaremos com um idoso gordo que será lançado para cima de um carrinho de bebê, e ricochetearemos na parede de um internato para meninas direto para os braços de um varredor de ruas ensopado.

Depois disso, a hilaridade idiota dos espectadores e a aparência destroçada do chapéu, já recuperado, parecem detalhes de menor importância.

Resumindo, entre os ventos de março, os aguaceiros de abril e a absoluta ausência das flores de maio, a primavera não é propriamente um sucesso nas cidades. No campo, como já expliquei, vai tudo muito bem, mas, nas cidades em que a população excede as 10 mil almas, a primavera deveria ser sumariamente abolida. Nas oficinas sombrias do mundo, a primavera é como as crianças – fora do lugar. Nem uma nem outras estão bem em meio à poeira e à correria. É triste ver os pirralhos sujos de terra tentando brincar em quadras barulhentas e ruas lamacentas. Pobres átomos humanos, abandonados à própria sorte, indesejados, não são crianças. As crianças têm brilho nos olhos, são rechonchudas e tímidas. Esses seres são elfos imundos e estridentes, têm os rostos minúsculos chamuscados e mirrados, seu riso infantil é falho e rouco.

A primavera da vida e a primavera do calendário foram feitas para ser aninhadas no colo verde da natureza. Para nós, na cidade, a primavera traz apenas ventos frios e chuva rala. Deveremos buscá-la entre os bosques desfolhados e as alamedas ladeadas de arbustos, nas charnecas floridas e nas grandes colinas silenciosas, se quisermos sentir seus eflúvios alegres e ouvir-lhe as vozes mudas. Há na primavera um frescor glorioso, que encontramos nesses sítios. As nuvens velozes, a vastidão desabrigada, o vento impetuoso e o ar límpido e luminoso nos emocionam com vagas energias e esperanças. A vida, tal como a paisagem ao nosso redor, parece maior, mais ampla e mais livre – um arco-íris que conduz ao desconhecido. Através das fraturas prateadas que riscam o céu, parecemos vislumbrar a grande esperança e a grandeza que existem em torno desse pequeno mundo pulsante, e um sopro de seu aroma nos chega pelas asas do vento indomável do mês de março.

Pensamentos estranhos que não compreendemos agitam nosso coração. Vozes nos chamam para um grande esforço, uma missão maior. Mas ainda não entendemos seu significado, e os ecos ocultos dentro de nós que poderiam responder são confusos, desconexos e amortecidos.

Estendemos nossas mãos como crianças na direção da luz, procurando agarrar não sabemos o quê. Nossos pensamentos, como os dos meninos na canção dinamarquesa, são pensamentos muito, muito distantes, e muito vagos; não conseguimos enxergar seu fim.

Assim deve ser. Todos os pensamentos que se voltam para além desse mundo subalterno não podem ser senão obscuros e amorfos. Os pensamentos que conseguimos captar claramente são muito acanhados – aqueles que dizem que dois mais dois são quatro; que, quando temos fome, é gostoso comer; que a honestidade é a melhor política –, já os pensamentos mais elevados são indefinidos e vastos demais para nosso limitado cérebro infantil. Distinguimos vagamente o que vai além da bruma que cerca nossa ilha da vida, cingida pelo tempo, e a nós é dado ouvir apenas o ruído distante da ondulação do grande oceano que assoma do outro lado.

De cães e gatos

O que sofri com esses bichos hoje de manhã desafia descrição em qualquer idioma. Tudo começou com Gustavus Adolphus. Gustavus Adolphus (apelidado de "Gusty" no andar de baixo) é um cão ótimo quando está no meio de um campo espaçoso ou correndo por um grande descampado, mas não o quero dentro de casa. É bonzinho, tem boas intenções, mas nossa casa não acomoda uma criatura daquele tamanho. Basta que se espreguice para mandar pelos ares duas cadeiras e o que mais estiver por perto. Abana o rabo e a sala parece ter sido atravessada por um exército em marcha arrasadora. Respira fundo e a lareira se apaga.

Na hora do jantar, enfia-se, sorrateiro, embaixo da mesa, fica ali deitado por um tempo e, pouco depois, levanta-se de repente; o primeiro sinal que nos chega de seus movimentos vem da própria mesa, que parece possuída por um desejo irrefreável de dar cambalhotas. Todos nos agarramos ao móvel freneticamente, em desesperada tentativa de mantê-lo na posição horizontal; ao que o cão reage, acreditando que alguma conspiração perversa se arma contra ele, é tomado pelo medo, e a imagem resultante dessa cena geralmente inclui uma mesa virada com os pés para cima, comida espalhada por toda parte, ensanduichada entre duas camadas de comensais enfurecidos, esparramados no chão da sala.

Hoje cedo ele me aparece em seu estilo habitual, aparentemente inspirado em um ciclone americano, e a primeira coisa que fez foi acertar, com o rabo, a xícara de café que estava em cima mesa, lançando o líquido quente para cima do meu colete.

Levantei-me da cadeira num pulo, exclamei "&%*@" e corri em sua direção. Ele disparou rumo à porta, saindo na minha frente. Na soleira, topou com Eliza, que chegava com os ovos. Eliza gritou "Nossa!" e estatelou-se no chão, enquanto os ovos assumiam posições diferentes sobre o tapete, por onde se espalharam, e Gustavus Adolphus saía da sala. Fui atrás, aos gritos, aconselhando-o com veemência a descer direto para o andar de baixo e sumir da minha frente por no mínimo uma hora; e ele, aparentemente me obedecendo, esquivou-se do balde de carvão e se foi, enquanto eu, de volta à sala, me secava para terminar o café da manhã. Certifiquei-me de que ele havia ido para o quintal, mas, quando olhei para o corredor dez minutos depois, dei com o bicho sentado no topo da escada. Ordenei que descesse imediatamente, mas ele só latia e pulava de um lado para outro, e então resolvi ver o que estava acontecendo.

Era Tittums. Estava sentada no penúltimo degrau e não o deixava passar.

Tittums é nossa gatinha. É do tamanho de um pãozinho. Exibia o dorso empinado e praguejava feito uma estudante de medicina.

Essa sabe praguejar. Também faço isso às vezes, mas sou um mero amador perto dela. Para ser honesto – e por favor, que morra aqui; não quero que suas esposas saibam que eu disse algo assim, as mulheres não entendem essas coisas –; mas, cá entre nós, acho que praguejar faz bem para o homem. O palavrão é a válvula de escape pela qual o mau humor, que de outra forma poderia causar sérios estragos a seu mecanismo mental, é liberado na forma inofensiva de um desabafo. Quando um homem diz: "Abençoado seja, meu caro e gentil colega. O que teriam conjurado o sol, a lua e as estrelas para torná-lo tão descuidado (se me permite a expressão) a ponto de deixar cair seu delicado pezinho com tanta disposição em cima do meu calo? Seria o senhor fisicamente incapaz de entender a direção em que anda? É um bom rapaz, e parece tão inteligente!", ou palavras nesse sentido, sente-se melhor. Praguejar tem o mesmo efeito pacificador sobre nossas paixões raivosas que o já conhecido exercício de quebrar a mobília ou sair batendo as portas; sem contar que é muito mais barato. Praguejar purifica um homem por dentro como um punhado de pólvora deixa imaculada a chaminé de um lavatório. Uma explosão de vez em quando é boa para ambos. Desconfio do homem que nunca pragueja, que nunca chuta violentamente um banquinho, ou que nunca revolve as brasas com ímpeto desnecessário. Sem uma válvula de escape, a raiva causada pelos problemas recorrentes do cotidiano tende a envenená-lo, a apodrecê-lo por dentro. O pequeno incômodo, em vez de ser expurgado, faz morada conosco, vira mágoa, e aquela ofensa menor é remoída até que, no leito quente do ressentimento, se torna uma grande ferida de cuja sombra insalubre emergem ódio e vingança.

Praguejar libera nossas emoções – eis a função do praguejar. Expliquei isso para minha tia certa vez, mas ela não se convenceu. Disse que eu não devia guardar tais sentimentos.

Foi o que eu disse a Tittums. Que ela deveria se envergonhar daquele comportamento, criada que foi em uma família cristã, além de tudo. Não me importo muito em ouvir um gato velho praguejar, mas não tolero ver um filhote ceder à tentação. Muito triste, um bichinho tão jovem.

Enfiei Tittums no bolso e voltei para a escrivaninha. Distraí-me por um instante e, quando olhei de novo, percebi que ela havia escapado do meu bolso, pulado para a mesa e já tentava engolir a caneta; em seguida, meteu a pata dentro do tinteiro e o derrubou; então começou a lamber a pata e, por fim, praguejou de novo – dessa vez, para mim.

Pus Tittums no chão e aí Tim começou a ralhar com ela. Eu gostaria muito que Tim cuidasse da própria vida. Não era da conta dele o que a gata faz ou deixa de fazer. Além disso, ele também não é nenhum santo. Não passa de um fox terrier de 2 anos de idade que se mete em tudo e se acha um collie escocês de pelos grisalhos.

A mãe de Tittums enfim apareceu e Tim levou uma bela arranhada no focinho, o que me deixou extremamente feliz. Botei os três para fora, onde neste momento se engalfinham loucamente. Estou todo sujo de tinta e de péssimo humor; e, se mais algum cão ou gato me aparecer pela frente hoje, melhor que já traga o próprio coveiro.

De modo geral, porém, gosto muito de cães e gatos. São excelente companhia! Muito superiores a seres humanos nesse quesito. Não discutem nem implicam conosco. Nunca falam de si próprios, mas nos ouvem enquanto discursamos sobre nós mesmos, e ainda afetam uma aparência de interesse na conversa. Nunca fazem comentários fora de lugar. Jamais se dirigem à srta. Brown durante o jantar para dizer que sempre souberam da queda que ela tinha pelo sr. Jones (que acabou de se casar com a srta. Robinson). Não confundem o primo de nossa mulher com o marido dela nem acham que somos o sogro. E nunca perguntam a um jovem autor com catorze tragédias, dezesseis comédias, sete farsas e alguns periódicos em cima da escrivaninha por que é que não escreve uma peça de teatro.

Nunca deixam escapar observações desagradáveis. Não falam de nossos defeitos "só para o nosso bem". Nunca, naqueles momentos mais inconvenientes, nos lembram, de passagem, de nossos desvarios e erros do passado. Não dizem, em tom sarcástico: "Ah, você até teria utilidade por aqui – se fosse bem-vindo". Nunca nos informam, como às vezes fazem nossas *inamoratas*, que já fomos melhores. Para eles, somos sempre os mesmos.

Ficam genuinamente contentes em nos ver. E nos acompanham seja qual for nosso estado de espírito. Mostram-se alegres quando estamos felizes, reservados quando estamos circunspectos e tristes quando estamos pesarosos.

"Olá! Que alegria! Quer brincar? Então, pronto, cheguei. Aqui estou, pulando, latindo, girando, pronto para qualquer brincadeira e estripulia. Olhe nos meus olhos se duvida de mim. O que vai ser? Uma bagunça na sala de estar, ignorando a mobília, ou uma disparada ao ar livre, sentindo a brisa soprar de frente, pelos campos e colina abaixo, e pondo pra correr os gansos do velho Goggles! Uau! Vamos!"

Ou então vamos ficar quietos, sossegar um pouco. Muito bem. Pussy pode se sentar no braço da poltrona e ronronar, e Montmorency vai se enrolar no tapete e contemplar o fogo, mas também de olho em nossa direção, caso sejamos tomados por um desejo súbito de caçar ratos.

E, quando cobrimos o rosto com as mãos e desejamos nunca ter nascido, eles não se esticam na cadeira e observam que a culpa é toda nossa. Tampouco esperam que o acontecido nos sirva de lição. Aproximam-se de mansinho e encostam a cabeça em nós. Se for uma gata, vai escalar nosso ombro, arrepiar-nos o cabelo e dizer: "Sinto muito por você, meu velho", tão claramente como se pudesse falar; e, se for um cachorro, voltará seus olhos grandes e francos em nossa direção e, por meio deles, dirá: "Sempre terá a mim, você sabe disso. Vamos percorrer essa jornada juntos, lado a lado, não é?".

É muito imprudente, o animal cachorro. Nunca faz questão de perguntar se estamos ou não do lado da razão nem se preocupa em saber se estamos bem ou mal de vida, e tampouco pergunta se somos ricos ou pobres, tolos ou sábios, pecadores ou santos. Somos seus companheiros. Isso lhes basta; e pode a vida nos trazer sorte ou infortúnio, boa reputação ou demérito, honra ou infâmia, ele ficará ao nosso lado, para nos confortar, proteger e até dar a vida por nós se necessário – seu cachorro parvo, desmiolado, sem alma própria!

Ah! Velho amigo fiel, com suas pupilas profundas e cristalinas, e seus olhares intensos e ágeis, que absorvem tudo o que temos a dizer antes mesmo de abrirmos a boca, sabia que você é um reles animal, desprovido de inteligência? Sabia que aquele idiota de olhar baço, encharcado em gim, apoiado no poste lá fora, tem um intelecto tremendamente superior ao seu? Sabia que todo canalha mesquinho e egoísta, que vive de enganar os outros, que nunca fez um gesto gentil ou proferiu uma palavra generosa, que nunca teve um pensamento que não fosse torpe e medíocre, ou um desejo que não fosse vil, cujas ações são sempre fraudulentas e cujas declarações são sempre mentirosas – sabia que esses vermes rastejantes (e há milhões deles no mundo) são todos superiores a você como a luz do sol é superior à luz da vela, meu caro animal selvagem, honrado, corajoso e altruísta? Eles são homens, você sabe, e os homens são os seres mais maravilhosos, mais nobres, mais sensatos e mais elevados de todo o vasto universo eterno. Qualquer homem pode lhe confirmar isso.

Sim, pobre cachorrinho, você é muito burro, muito burro mesmo, comparado a nós, homens ilustrados, que entendemos tudo de política e filosofia, e que sabemos tudo, em suma, exceto quem somos, de onde viemos e para onde vamos, e ainda o que significa tudo que existe fora deste nosso mundinho e a maioria das coisas que nele se encontram.

Mas não se preocupem, cães e gatos, gostamos de vocês ainda mais por serem assim, burros. Todos apreciamos a parvoíce. Os homens não suportam mulheres inteligentes, e o homem ideal para uma mulher é aquele a quem ela pode chamar de "meu querido palerma". É tão bom topar com pessoas mais burras do que nós. Já gostamos delas logo de cara por serem assim. O mundo deve ser um lugar bastante inóspito para os inteligentes. Não agradam às pessoas comuns e, entre si, odeiam-se cordialmente.

Também é verdade que as pessoas inteligentes formam uma minoria tão insignificante que realmente não importa muito se estão infelizes. Enquanto os tontos puderem se sentir confortáveis, o mundo, como um todo, se dará razoavelmente bem.

Os gatos têm fama de serem mais espertos do que os cães – de cuidarem mais dos próprios interesses e serem menos cegamente dedicados aos de seus amigos. E nós, homens e mulheres, ficamos naturalmente chocados com esse egoísmo. Os gatos sem dúvida gostam mais de uma família que tem um tapete na cozinha do que uma que não tem; e, se há muita criança por perto, preferem passar o tempo livre no vizinho. Mas, no geral, os gatos são injustiçados. Se fizermos amizade com um deles, permanecerá conosco na saúde e na doença. Todos os gatos que tive se mostraram companheiros de primeira. Tive uma gata que me seguia por toda parte, até que a coisa começou a ficar constrangedora e precisei implorar, como favor pessoal, que não me acompanhasse mais pela principal avenida da cidade. Ela me esperava acordada, sentadinha na entrada da casa, quando eu chegava tarde. Fazia-me sentir como um homem casado, com a diferença de que ela nunca perguntava onde eu tinha estado para, em seguida, duvidar da minha resposta.

Tive outra gata que se embebedava todos os dias. Rondava a porta da adega por horas a fio e, na primeira oportunidade, adentrava sorrateiramente para lamber a cerveja que escapava do barril. Não menciono esse hábito da bichana como elogio à espécie, mas apenas para sublinhar como alguns gatos são quase humanos. Se a transmigração de almas é um fato, aquele animal decerto se qualificaria para se tornar um bom cristão, pois sua vaidade só ficava atrás de seu amor pela bebida. Sempre que caçava um rato particularmente avantajado, trazia-o para a sala onde estávamos todos reunidos, soltava o cadáver ali no meio e postava-se esperando os elogios. Deus do céu, como as meninas berravam nessa hora!

Coitados dos ratos! Parecem existir apenas para que cães e gatos recebam loas por matá-los e químicos enriqueçam criando venenos para destruí-los. No entanto, há neles algo de fascinante, uma estranheza, um certo mistério. São tão astutos e fortes, tão terrivelmente numerosos, tão cruéis, tão fingidos. Ocupam casas desertas, nas quais caixilhos quebrados pendem, apodrecidos, das paredes em ruínas, e portas rangem e batem, penduradas por dobradiças enferrujadas. Reconhecem o navio que está a pique e o abandonam, não se sabe como nem para onde. Sussurram uns para os outros, em seus esconderijos, a respeito da tragédia que se abaterá sobre a mansão, fazendo fenecer, esquecido, o grande nome. Cometem os atos mais terríveis em ossários tenebrosos.

Nenhum conto de terror estará completo sem a presença de ratos. Em histórias de fantasmas e assassinos, eles se precipitam pelas salas que ecoam, esvaziadas, e o roer de seus dentes é ouvido por trás dos lambris, e seus olhos brilhantes espreitam pelos buracos da tapeçaria carcomida, e ainda guincham em tom estridente e fantasmagórico na calada da noite enquanto o vento percorre, lamurioso, as torres em ruínas, e atravessa, feito mulher em prantos, as salas e os cômodos desocupados.

E prisioneiros moribundos, em suas masmorras asquerosas, afundados em desalento aterrador, vislumbram os olhinhos vermelhos desses animais, qual brasas fulgurantes, e ouvem, em meio ao silêncio terminal, o ruído de suas patas em forma de garras, e então enfrentam aos gritos a vigília na escuridão da noite abominável.

Adoro fábulas sobre ratos. Fico todo arrepiado. Gosto em especial daquela história do bispo Hatto e dos ratos. O clérigo perverso, sabemos, armazenava imensas quantidades de milho em seus celeiros, mas não permitia que os pobres atormentados pela fome se aproximassem; até que um dia, quando um grupo faminto o procurou suplicando por comida, ele os reuniu no paiol e, em seguida, trancou as portas e ateou fogo ao armazém, matando a todos lá dentro. No dia seguinte, porém, vieram milhares e milhares de ratos, enviados para o acerto de contas por tamanha maldade. O bispo então fugiu para sua torre fortificada, plantada no meio do Reno, e lá trancafiou-se, imaginando estar a salvo. Mas os ratos, ah, os ratos! Atravessaram o rio a nado, abriram caminho pelas grossas paredes roendo as pedras e, ao depararem com o religioso postado em seu trono, devoraram-no vivo.

> Contra pedras duras afiaram os dentes,
> E agora jantam-lhe ao bispo as carnes ainda quentes;
> Roem-lhe as entranhas sem pedir licença,
> Pois aqui vieram todos executar sua sentença.

Ah, que história adorável.

Temos ainda a fábula do flautista de Hamelin, que atraiu os ratos para longe da cidade com sua música, mas que depois, quando o prefeito deixou de cumprir o combinado, arrastou todas as crianças do vilarejo consigo rumo às montanhas. Lenda antiga e das mais curiosas, sem dúvida! Pergunto-me qual seria seu significado, se é que existe. Parece-me haver um sentido insólito e profundo oculto sob o movimento daquelas rimas. Algo me assombra naquela imagem do pitoresco e misterioso flautista tocando seu instrumento pelas ruas estreitas de Hamelin e os pequenos o seguindo, dançando, as carinhas pensativas e interessadas. Os mais velhos tentam detê-los, mas as crianças não lhes dão atenção. Apenas ouvem aquela música estranha, sedutora, e sentem-se obrigadas a segui-la. Deixam de lado os jogos, os brinquedos caem-lhes das mãozinhas hesitantes. Não sabem para onde vão com tanta pressa. A melodia mística as convoca, e elas assentem, incautas e ignorantes de seu destino. As notas musicais lhes reverberam fundo na alma, sustando os outros sons. E assim vagueiam pela rua do Flautista, afastando-se da cidade de Hamelin.

Às vezes me pego pensando se o flautista está mesmo morto, ou se segue perambulando por nossas ruas e vielas, mas agora tocando tão baixinho que só as crianças o ouvem. Por que seus rostinhos parecem tão sérios e solenes quando interrompem um pouco a algazarra e ficam paradas, algo arrebatadas, com olhos tensos? Quando lhes perguntamos o que está acontecendo, balançam a cabecinha de cabelos encaracolados e correm, gargalhando, para brincar com os amigos. Imagino que continuem ouvindo a música mágica do velho flautista e que, talvez, com seus olhos vivos, tenham até flagrado aquela figura estranha e fantástica deslizando despercebida em meio à multidão.

Mesmo nós, filhos crescidos, ouvimos sua flauta de vez em quando. Mas as notas cativantes agora soam lá longe, e o mundo ruidoso e estridente está sempre berrando, e berrando alto demais, abafando aquela melodia que mais lembra um sonho. Um dia, os acordes doces e tristes nos parecerão plenos e nítidos, e então nós também, como as crianças, deixaremos de lado os brinquedos e atenderemos ao chamado. Mãos amorosas irão se estender para nos deter, e vozes que aprendemos a escutar clamarão para que paremos. Mas rejeitaremos suavemente os braços de quem nos ama, atravessaremos a casa agora tomada pela tristeza e sairemos pela porta aberta. Pois aquela música desvairada e estranha estará vibrando em nosso espírito, e compreenderemos enfim o significado da canção.

Eu gostaria que as pessoas conseguissem amar os animais sem ficar piegas, como tantos. As mulheres são as que mais escorregam nesse sentido, embora representantes do nosso sexo, racionais por natureza, também sejam capazes de transformar animais de estimação em fonte de ira ao dedicar-lhes uma idolatria descabida. Existem as mocinhas extrovertidas que, depois de lerem *David Copperfield*, logo adquirem um cãozinho de pelo comprido e raça indefinida, dotado do irritante hábito de criticar as calças dos homens e de demonstrar essa opinião por meio de um farejar carregado de desprezo e nojo. Elas conversam com o bicho como quem fala com um bebê (mas só quando há alguém perto o suficiente para ouvi-las), e aí beijam seu focinho e encostam no rosto a cabeça suja do animal de modo até comovente; embora eu tenha notado que essas carícias são feitas principalmente quando há rapazes por perto.

Depois, há as velhinhas que veneram um poodle gordo, ofegante e cheio de pulgas. Conheci certa vez duas solteironas já idosas que tinham em casa uma espécie de salsichão alemão sobre patas, a que chamavam de cachorro. Lavavam-lhe o rosto com água morna todo dia, cedinho. O bicho comia costela de carneiro no café da manhã; e, aos domingos, quando uma das senhoras ia à igreja, a outra sempre ficava em casa fazendo companhia ao animal.

Existem muitas famílias cujos interesses – todos os interesses – giram em torno do cachorro. Os gatos, a propósito, raramente sofrem com excesso de adulação. O felino tem um senso de ridículo muito apurado, e não hesita em usar a pata, de maneira gentil, mas inequívoca, para pôr ponto final a esse tipo de baboseira. Os cães, por outro lado, parecem gostar. Incentivam essas patacoadas por parte dos seus donos, e o resultado é que, nos círculos a que me refiro, aquilo que o "querido Rex" fez, faz, fará, deixou de fazer, pode vir a fazer, não pode fazer, estava fazendo, está fazendo, quer fazer, deveria fazer e está prestes a ter feito é tema ininterrupto de discussão, manhã, tarde e noite.

Toda essa conversa, que consiste, a bem da verdade, de rejeitos da matéria-prima da qual é feita a imbecilidade, tem como foco esse animal abobalhado. A família passa o dia observando-o, comentando suas gracinhas, trocando causos sobre ele, listando--lhe as virtudes e lembrando, em prantos, o dia em que ele sumiu por duas horas inteiras, quando enfim o filho do açougueiro o trouxe de volta do modo mais brutal possível, carregando-o pela nuca com uma das mãos enquanto lhe esbofeteava a cabeça com a outra.

Depois de se recuperarem dessas lembranças terríveis, passam a competir entre si em surtos de admiração pelo quadrúpede, até que algum membro da família fica mais entusiasmado do que deveria e, já incapaz de controlar suas emoções, desaba sobre o infeliz animal em um frenesi de afeto, aperta-o ao peito e põe-se a babar sobre ele. Diante disso, os outros, transtornados pelos ciúmes, levantam-se e, agarrando-se às partes do cão que escaparam à volúpia do primeiro, murmuram elogios e juram-lhe devoção.

Nessas famílias, tudo acontece em função do cachorro. Se queremos seduzir a filha mais velha ou convencer o patriarca a nos emprestar uma ferramenta de jardim ou pedir que a dona da casa se inscreva na Sociedade para a Proibição de Solistas de Corneta em Orquestras Teatrais (pena não existir uma sociedade assim), precisamos começar pelo cachorro. Necessitamos da aprovação dele para que seus donos concordem em nos ouvir; e se, como é muito provável, o animal, cuja natureza sincera e, por assim dizer, canina, tiver sido deformada pelo tratamento pouco natural a que foi submetido, reagir à nossa oferta de amizade atacando-nos com violência, a causa estará inapelavelmente perdida.

"Se Rex não simpatiza com uma pessoa", ponderou previamente o patriarca, "já sei que não é de confiança. Você sabe, Maria, quantas vezes eu já disse isso. Ah! Ele sabe, bendito seja".

Maldito seja!

E pensar que aquele monstro intratável já foi um filhotinho inocente, de patas largas e com um cabeção, divertido e brincalhão, que só queria se tornar um cão grande, bondoso, e latir como a mãe.

Que coisa! A vida, infelizmente, muda a todos nós. O mundo parece uma enorme e implacável máquina de moer, na qual tudo que entra fresco, cintilante e puro por um lado sai velho, desconjuntado e cheio de rugas pelo outro.

Vejamos o caso da gatinha Sobersides, com seu olhar desanimado e sonolento, seu andar sério e vagaroso, seus ares superiores e pudicos; quem diria que ela já foi aquele animalzinho de olhos azuis, toda elétrica, sempre em disparada, um verdadeiro turbilhão a quem chamamos de bichano?

Que maravilhosa vitalidade têm os gatinhos. É realmente algo muito bonito de ver o modo como a vida borbulha nessas criaturinhas. Correm pra cima e pra baixo, miam e pulam; dançam equilibrados nas patas traseiras enquanto abraçam tudo com as patas dianteiras, rolam sem parar, deitam-se de barriga para cima e esperneiam. Mal sabem o que fazer consigo mesmos, tão cheios de vida que são.

Lembra-se, leitor, de quando você e eu sentíamos algo parecido? Lembra-se daqueles dias magníficos de nossa nascente virilidade – de como, ao voltarmos para casa pela viela iluminada ao luar, nos sentíamos tão cheios de vida que não conseguíamos caminhar serenamente, precisávamos saltar, correr, agitar os braços e gritar até que as mulheres dos fazendeiros, surpreendidas pelo cair da noite, acreditassem – com razão – que éramos loucos, e então se aproximassem da cerca, enquanto ficávamos parados e ríamos alto ao vê-las fugir correndo, e ainda lhes congelávamos o sangue soltando um tresloucado urro de despedida, e as lágrimas nos escorriam sem que suspeitássemos do porquê? Oh, aquela vida jovem, esplêndida!, que nos coroou reis da terra; que corria por todas as nossas veias, fazendo-as vibrar até que parecíamos flutuar; que tocava nosso espírito pulsante e nos ordenava que seguíssemos em frente e conquistássemos o mundo inteiro; que preenchia nosso jovem coração até que desejávamos estender os braços e apertar ao peito todos os homens e mulheres que labutam, e todas as crianças, e amar a todos – a todos. Ah! Foram dias de glória, dias plenos, em que nossa vida futura, como um órgão invisível, repicava em nossos ouvidos uma melodia estranha e auspiciosa, e em que nosso sangue jovem clamava pela batalha como um cavalo de guerra. Ah, nosso pulso agora bate lento e ritmado, nossas velhas articulações estão reumáticas, valorizamos nossa poltrona e nosso cachimbo e ainda zombamos do entusiasmo dos jovens. Mas, oh, o que não daríamos para experimentar de novo, ainda que por um breve instante, aquela vida divina!

Da timidez

Todos os grandes nomes da literatura são tímidos. Eu mesmo o sou, embora me digam que mal se percebe.

Prefiro que seja assim. Houve época em que minha timidez era por demais evidente, o que causava imenso sofrimento para mim e desconforto para todos a meu redor – minhas amigas, sobretudo, reclamavam amargamente disso.

A trajetória de um homem tímido não é fácil. Os homens o rejeitam, as mulheres o desprezam, e ele rejeita e despreza a si mesmo. A rotina não lhe traz alívio e não há cura para seu mal, exceto o tempo; embora eu tenha, certa vez, topado com uma receita deliciosa para superar esse infortúnio. Apareceu na seção "respostas aos leitores" de um pequeno jornal semanal e dizia o seguinte – nunca mais me esqueci: "Adote uma atitude gentil e simpática, sobretudo com as mulheres".

Pobre desgraçado! Posso imaginar o sorriso torto com que o tímido deve ter recebido esse conselho. "Adote uma atitude gentil e simpática, sobretudo com as mulheres", claro! Não faça nada remotamente parecido, meu jovem e tímido amigo. Sua tentativa de assumir uma personalidade diferente trará como resultado certeiro torná-lo ridiculamente efusivo e ofensivamente despachado. Seja você mesmo, aja com naturalidade; desse modo, será visto apenas como rabugento e apalermado.

O homem tímido promove uma leve vingança sobre a sociedade, como troco pela tortura que esta lhe inflige. Consegue, em certa medida, comunicar sua infelicidade. Assusta as outras pessoas tanto quanto elas o assustam. Esfria qualquer ambiente, e mesmo os espíritos mais joviais ficam deprimidos e nervosos em sua presença.

O incômodo deriva de um mal-entendido. Muitas pessoas confundem o comportamento reservado do homem tímido com arrogância, espantam-se e sentem-se insultadas. Sua falta de traquejo social é interpretada como descuido insolente, e quando, aterrorizado pela primeira palavra que lhe dirigem, sente o sangue subir-lhe à cabeça e o poder de fala evaporar, é visto como um péssimo exemplo dos efeitos deletérios que causamos ao cedermos às paixões.

De fato, ser mal compreendido é a sina do tímido em todas as ocasiões; e qualquer que seja a impressão que busque criar, é certo que transmitirá seu exato oposto. Quando conta uma piada, a plateia entende o relato como fato e condena-lhe a falta de veracidade. Seu sarcasmo é tido como opinião literal, o que lhe confere a fama de um completo jumento, ao passo que se, por outro lado, querendo se fazer benquisto, ele se atreve a ser lisonjeiro, seus elogios são tomados por sátira, e ele passa a ser odiado para sempre.

Esses e os outros apuros do tímido são sempre muito divertidos para o restante das pessoas e, desde sempre, fornecem material para textos cômicos. Mas, se olharmos com atenção, descobriremos que há nessa situação um lado patético, quase trágico. Um homem tímido é também um homem solitário – um homem exilado de todo companheirismo, de toda sociabilidade. Move-se pelo mundo, mas não se mistura com ele. Entre o tímido e seus semelhantes ergue-se uma barreira intransponível – uma muralha forte e invisível que ele tenta, em vão, escalar, e sempre acaba machucado. Ele vê os rostos felizes e ouve as vozes afáveis do outro lado, mas não consegue estender a mão, vencer a altura e tocar alguém além-muro. Fica olhando os grupos animados e anseia por conversar com as pessoas, por mostrar-se um igual. Mas elas passam por ele, conversando alegremente umas com as outras, e ele não consegue chamar-lhes a atenção. Tenta alcançá-las, mas as paredes de sua cela particular o acompanham e o cercam de todos os lados. Na rua movimentada, na sala apinhada, na agitação do trabalho, no turbilhão do prazer, entre muitos ou entre poucos – sempre que os homens se reúnem, sempre que a melodia da voz humana se ouve e que o pensamento humano cintila em nossos olhos, ali, rejeitado e solitário, o tímido, qual um leproso, permanece, apartado. Sua alma é cheia de amor e de urgência, mas o mundo não sabe disso. Tem a máscara de ferro da timidez pregada no rosto, e o homem por baixo nunca é revelado. Palavras simpáticas e saudações calorosas estão sempre prestes a tomar-lhe os lábios, mas perecem em sussurros abafados por trás dos rebites de aço. Seu coração sofre pelo irmão alquebrado, mas sua solidariedade é muda. O desprezo e a indignação diante das injustiças apertam-lhe a garganta, e sem encontrar uma válvula de escape por onde, com palavras eloquentes, possam ser anunciados, esses sentimentos se voltam contra ele e o corroem por dentro. Todo o ódio e o descaso e o amor profundo que em algum momento tocam o tímido em sua trajetória acabam por corrompê-lo no íntimo, em vez de extinguirem-se fora dele, e por fim o transformam num misantropo cético.

Sim, os homens tímidos, qual as mulheres feias, passam por maus bocados neste mundo – lugar em que é preciso ter a casca grossa de um rinoceronte para sobreviver com alguma tranquilidade. A carcaça espessa é, de fato, nossa vestimenta moral e, sem ela, não estamos em condições de circular pela sociedade civilizada. Uma pobre criatura ofegante, ruborizada, de joelhos trêmulos e mãos nervosas, é uma visão aflitiva para qualquer um, e se a própria não tiver meios para se curar, quanto mais depressa amarrar uma corda no pescoço, melhor.

A doença tem cura. Para consolo dos tímidos, e posso garantir-lhes isso por experiência própria. Não gosto de falar de mim mesmo, como haverão de ter notado, mas em prol da humanidade, desta vez eu o farei, e começo confessando que um dia já fui, como diz o jovem das *Bab Ballads*, "o mais tímido entre os tímidos" e "sempre que uma donzela me era apresentada, meus joelhos tremiam e eu saía em disparada". Mas anteontem mesmo, só dois dias atrás, consegui dar um passo além. Sozinho e inteiramente por minha conta (como disse o estudante ao traduzir o *Bellum Gallicum*), enfrentei, em seu próprio covil, uma jovem funcionária do café de uma estação ferroviária. Eu a repreendi com um misto de amargura e tristeza por sua insensibilidade e falta de delicadeza. Insisti, com cortesia, mas também com firmeza, em receber a deferência e a atenção devidas ao britânico em viagem e, ao final, olhei-a bem nos olhos. Preciso dizer mais?

É verdade que, imediatamente depois disso, retirei-me com o que possivelmente poderia ser visto como precipitação, sem nem esperar que me servissem o refresco. Mas agi assim porque mudei de ideia, não porque estava com medo, entende?

Um consolo a que pessoas tímidas podem recorrer sem hesitação é que a timidez não é, longe disso, sinal de estupidez. É bastante fácil para o grosseirão metido a palhaço zombar das pessoas nervosas, mas as naturezas mais elevadas não são necessariamente as que contêm uma dose maior de atrevimento. O cavalo não é um animal inferior ao pardal, nem o veado da floresta é inferior ao porco. A timidez significa simplesmente sensibilidade extrema, e nada tem a ver com vergonha ou presunção, embora sua suposta relação com essas duas características seja enfatizada à exaustão pela escola filosófica dos papagaios amestrados.

A presunção, na verdade, é a cura mais rápida para a timidez. Quando começamos a nos dar conta de que somos muito mais inteligentes do que qualquer outra pessoa neste mundo, a inibição leva um tranco e acaba nos deixando. Ao conseguirmos olhar para uma sala repleta de gente e concluir que cada uma daquelas pessoas não passa de uma mera criança, em termos intelectuais, em comparação conosco, passamos a nos sentir tão intimidados na presença deles quanto se estivéssemos na edificante companhia de gralhas ou orangotangos.

A presunção é a melhor armadura que um homem pode vestir. Em sua superfície lisa e impenetrável, as débeis punhaladas do rancor e da inveja roçam, inofensivas. Sem essa couraça, a espada do talento não consegue abrir caminho através da batalha da vida, pois os golpes têm de ser suportados e desferidos em igual medida. Não falo aqui, é claro, da presunção que se manifesta em nariz empinado e voz em falsete. Isso não é presunção de verdade – é faz de conta; como crianças fazem ao brincar de reis e rainhas, desfilando de um lado para outro com penas nos chapéus e longos mantos. A presunção genuína não torna o homem um ser desagradável. Ao contrário, tende a torná-lo cordial, bondoso e simples. É alguém que dispensa a afetação – está muito satisfeito com o próprio caráter; e seu orgulho está demasiado arraigado para exteriorizar-se. Indiferente tanto ao elogio como à censura, pode se dar ao luxo de ser franco. Imagina-se muito superior ao resto da humanidade para se preocupar com as possíveis – e insignificantes – distinções entre seus representantes, e se sente igualmente à vontade com o duque ou com o verdureiro. E, como só valoriza os próprios padrões morais, nunca se sente tentado a se engajar naquele triste ato de fingimento que pessoas menos confiantes oferecem como sacrifício diário ao deus da opinião do vizinho.

O tímido, por outro lado, é humilde – inseguro com os próprios julgamentos e demasiado ansioso em relação à opinião dos outros. No caso de um jovem, porém, isso é compreensível. Seu caráter ainda não se formou. Vai evoluindo lentamente a partir de um caos de dúvidas e descrença. Diante da chegada da sabedoria e da experiência, o acanhamento diminui. Um homem dificilmente carrega sua timidez para além da fase de rapazola. Mesmo que sua força interior não consiga extinguir a inibição, os enfrentamentos com o mundo geralmente bastam para amenizá-la. É raro encontrarmos um homem genuinamente tímido – exceto em romances ou no palco, onde, aliás, ele é muito admirado, sobretudo pelas mulheres.

Ali, nesse universo sobrenatural, ele surge como um jovem de cabelos louros e cara de santo – cabelos louros e bondade andam sempre de mãos dadas nas peças de teatro. Nenhum público respeitável acreditaria em um sem o outro. Conheci um ator que certa vez perdeu a peruca e teve de adentrar o palco correndo para interpretar o herói exibindo o próprio cabelo, que era preto feito a asa da graúna, e os espectadores vaiaram todos os seus nobres sentimentos acreditando que ele era o vilão. Ele – o jovem tímido – ama a heroína com muita devoção (mas apenas em apartes, pois não ousa revelar a ela o seu sentimento), é muito nobre e altruísta, fala em um tom muito suave, e é muito bom para a mãe; os personagens maus da peça riem e zombam dele, mas ele aceita tudo com delicadeza, e, no final, percebem que ele é um homem inteligentíssimo, embora ninguém soubesse disso, então a heroína diz que o ama, ele se mostra surpreso e, ah, tão feliz!, e todos o amam e lhe pedem que os perdoe, o que ele faz com algumas palavras bem escolhidas e sarcásticas e os abençoa; e ele parece se divertir tanto que todos os jovens que não são tímidos desejam sê-lo. Mas o homem realmente tímido sabe que não é assim. Sabe que, na realidade, a timidez não é tão agradável. Na vida cotidiana, ele não é tão interessante como na ficção. É um pouco mais desajeitado e ignorante, e um pouco menos devotado e gentil, e seu cabelo é muito mais escuro, o que, no conjunto, altera consideravelmente sua situação.

O aspecto em que ele de fato se aproxima do seu estereótipo é a fidelidade. Estou à vontade para reconhecer no jovem tímido esta virtude: ele é constante em seu amor. Mas o motivo é simples. A verdade é que olhar uma mulher nos olhos esgota todo o seu arsenal de coragem, e seria simplesmente impossível para ele passar pela provação uma segunda vez. O sexo feminino como um todo lhe apavora demais para ele querer zanzar por aí com muitas mulheres. Uma já lhe basta.

Agora, tudo muda para o jovem que não é tímido. Topa com tentações que seu irmão inibido desconhece. Inspeciona seu entorno e em toda parte só enxerga olhos malandros e lábios risonhos. Ora, é de se esperar que, em meio a tantos olhos malandros e lábios risonhos, ele se confunda e, esquecendo por um instante a que par de olhos malandros e lábios risonhos prometeu ser fiel, saia cortejando o conjunto errado de olhos e lábios. O homem tímido, que nunca desvia o olhar das próprias botas, nada vê e não cai em tentação. O tímido é que é feliz!

Mas, claro, o homem tímido preferiria não ser feliz dessa forma. Anseia por "ir à farra" com os outros e se amaldiçoa todos os dias por não ser capaz. De vez em quando, reúne toda a sua coragem e com tremendo esforço mergulha na malandragem. Mas o resultado é sempre um *fiasco*, e, depois de um ou dois tropeços hesitantes, reassume a condição de tímido, agora mais abatido e digno de pena.

Falo "digno de pena", mas receio que ninguém tenha pena dele. Há certos infortúnios que, embora infligindo grande dose de sofrimento às suas vítimas, não lhes angariam simpatia. Perder um guarda--chuva, apaixonar-se, ter dor de dente, ganhar um olho roxo e ver alguém sentar em cima do nosso chapéu são alguns exemplos desses infortúnios, mas o número um da lista é a timidez. O tímido é considerado uma piada ambulante. Seu martírio é o esporte preferido na arena das salas de visita, onde é destrinchado e discutido com redobrado entusiasmo.

"Olhem", clama a plateia, entre risos histéricos, "ele está corando!".

"Vejam só as pernas dele", diz um.

"Viram como ele está sentado?", acrescenta outro: "Bem na beirada da cadeira".

"Está vermelho feito um pimentão", zomba um cavalheiro de aparência militar.

"É uma pena ele ter tantas mãos", murmura uma idosa, com as próprias mãos entrelaçadas suavemente sobre o colo. "Elas o confundem demais."

"Um ou dois metros a menos de comprimento nos pés não lhe faria mal", diz o comediante de plantão, "sobretudo porque ele parece tão ocupado em escondê-los".

Um outro sugere que, com uma voz assim, ele deveria ter seguido a carreira de capitão do mar. Alguns chamam atenção para a maneira desesperada com que ele agarra o chapéu. Há os que comentam sua limitada capacidade de conversação. Outros observam a natureza incômoda de sua tosse. E assim por diante, até que se esgotem, por completo, a falação sobre as peculiaridades do coitado e a calma do grupo.

Amigos e parentes tornam as coisas ainda mais desagradáveis para o pobre rapaz (amigos e parentes desfrutam do privilégio de serem ainda mais insuportáveis do que as outras pessoas). Não satisfeitos em fazerem troça dele entre si, insistem em contar-lhe a piada. Produzem imitações e caricaturas para esclarecimento do próprio infeliz. Um deles, fingindo parodiá-lo, sai da sala e depois volta com modos ridiculamente nervosos, explicando-lhe depois que é assim que ele – ou seja, o tímido – adentra um recinto; ou então, voltando-se para ele e dizendo "É assim que você aperta a mão de alguém", passa a encenar uma pantomima cômica com o resto dos presentes, segurando a mão de cada um como se fosse um prato escaldante, para em seguida largá-la num gesto frouxo. E então perguntam-lhe por que enrubesce, por que gagueja e por que sempre fala em um tom quase inaudível, como se acreditassem que ele faz de propósito. Aí um deles, empinando o peito e pavoneando-se pela sala qual um pombo, sugere seriamente que esse é o estilo que deveria adotar. O pai lhe sapeca um tapa nas costas e diz: "Coragem, meu menino. Não tenha medo de ninguém". A mãe aconselha: "Nunca faça nada de que você possa se envergonhar, Algernon, e assim nunca precisará se envergonhar de nada do que fizer", e, sorrindo serenamente para ele, parece espantada com a clareza de sua lógica. Os meninos lhe dizem que ele é "pior do que uma menina", e as meninas repudiam a injúria implícita contra seu sexo, exclamando em tom de revolta que nenhuma menina agiria de modo tão deprimente.

E têm razão: nenhuma menina agiria assim. Não existe mulher tímida ou, pelo menos, nunca encontrei nenhuma, e até que isso aconteça, para mim elas não existem. Sei bem que a crença generalizada vai na direção oposta. As mulheres devem ser vistas como corças acanhadas e assustadas, que enrubescem e baixam os olhos meigos quando alguém as encara e fogem em disparada quando lhe dirigem a palavra; enquanto nós, homens, devemos ser arrojados e divertidos, seres que as pobres mulheres admiram justamente por isso, apesar de morrerem de medo de nós. É uma bela teoria, mas, como muitas teorias geralmente aceitas, não passa de uma imensa bobagem. A menina de 12 anos já é confiante e exibe uma frieza proverbial ao lado do irmão de 20 anos que ainda balbucia e gagueja. Uma mulher é capaz de chegar atrasada à sala de concerto, interromper a orquestra e perturbar toda a plateia sem se abalar por um instante sequer, enquanto o marido vem logo atrás, pedindo desculpas, a imagem acabada do constrangimento.

O cinismo das mulheres em temas relacionados ao amor, desde o momento em que o pretendente lança-lhe aquele primeiro olhar de cãozinho indefeso até o final da lua de mel, é já muito conhecido e dispensa comentários. Mas o amor não é o exemplo mais justo para se mencionar neste caso porque as posições estão longe de ser equilibradas. O amor é um negócio de mulheres, e, quando o assunto é "negócios", todos deixamos de lado nossas fraquezas naturais – o homem mais tímido que já conheci granjeava clientes na rua para um fotógrafo.

Dos bebês

Sim, é verdade, sei muito de bebês. Inclusive já fui um, embora não por um tempo muito longo – não tão longo quanto minhas roupas de recém-nascido, isso é certo. Eram muito longas, lembro bem, e sempre me atrapalhavam quando eu queria espernear. Por que os bebês têm tantas roupas dispensáveis? Não é uma pergunta retórica, eu realmente quero saber. Nunca consegui entender a lógica disso. Será que os pais têm vergonha do tamanho do rebento e desejam fazer crer que ele é mais comprido do que realmente é? Cheguei a perguntar para uma enfermeira. Ela me respondeu:

"Senhor, as roupas deles sempre são compridas. Benditos sejam os anjinhos."

E quando expliquei que a resposta dela, embora enfatizasse seus sentimentos de bondade, pouco ajudava para dirimir minha dúvida, ela completou:

"Senhor, não quer que eles usem roupas curtas, os coitadinhos, quer?" E o disse em um tom que parecia sugerir que eu havia falado algo ultrajante ou desumano.

Desde então, tenho vergonha de fazer perguntas sobre o assunto, e a razão – se razão houver – permanece um mistério para mim. De fato, enfiar os bebês em qualquer roupa que seja me parece absurdo. Deus sabe que não faltarão oportunidades na vida para vestir-nos e despir-nos sem que precisemos começar antes da hora; e é razoável pensar que aqueles que passam o tempo todo na cama poderiam ser poupados desse tormento. Por que acordar os pobrezinhos pela manhã para despir-lhes, vestir-lhes outras roupas e devolvê-los à cama? E, depois, à noite, tirá-los dos lençóis mais uma vez, apenas para trocar tudo de novo? E, no fim das contas, que diferença há, eu gostaria de saber, entre a camisolinha de dormir e o trapinho que o bebê usa durante o dia?

É bem provável, porém, que eu esteja apenas sendo ridículo – como sempre, pelo que me dizem – e, portanto, nada mais direi sobre esse tema, exceto talvez que seria muito conveniente adotar-se um estilo que nos permitisse distinguir os meninos das meninas.

No momento, a situação é muito esquisita. Nem o cabelo, nem a roupinha, nem a conversa dão indícios a esse respeito, e somos obrigados a adivinhar. Por alguma misteriosa lei da natureza, sempre erramos o palpite, e por isso somos vistos por parentes e amigos como o resultado do cruzamento de idiotas com canalhas, porque o contrassenso de nos referirmos a um bebê do sexo masculino como "ela" só se compara à atrocidade de nos referirmos a um bebê do sexo feminino como "ele". O sexo a que por acaso a criança em questão não pertença é considerado algo absolutamente desprezível, e qualquer menção a esse fato é entendida como um insulto pessoal à família.

E, por prezarmos nosso bom nome, não tentaremos, de modo algum, contornar essa dificuldade nos referindo ao bebê como "a coisinha".

São vários os caminhos que nos permitem alcançar a ignomínia e a vergonha. Assassinar uma família numerosa e respeitada a sangue-frio e, depois, depositar os cadáveres no reservatório da companhia de águas vai nos tornar tremendamente impopulares na vizinhança, ou até mesmo assaltar uma igreja pode resultar no afastamento cordial de nossos conhecidos, sobretudo do vigário. Mas, se quisermos entornar até a última gota do cálice do desprezo e do ódio que o ser humano é capaz de nos servir, basta deixarmos que uma jovem mãe nos ouça chamar seu adorado bebê de "a coisinha".

A melhor opção é tratar o dito cujo como "anjinho". O substantivo "anjo" é sobrecomum e, assim, serve muito bem a esse propósito, de modo que o epíteto será certamente aceito com apreço. "Fofura" ou "belezinha" são úteis caso precisemos variar, mas "anjinho" é o termo que nos dará o maior crédito por bom senso e simpatia. A enunciação da palavra deve ser precedida por uma risadinha curta e acompanhada pelo sorriso mais franco possível. E nunca, jamais, em tempo algum, devemos nos esquecer de dizer que a criança tem o nariz do pai. Isso "captura" os pais (se me permitem um vulgarismo) mais do que qualquer coisa. Eles vão fingir que se riem da ideia, a princípio, e dirão: "Imagine, que bobagem!". Devemos então nos entusiasmar com a constatação e insistir que se trata de um fato. Não precisamos nos ater a escrúpulos de consciência nesse momento porque o nariz da coisinha realmente se assemelha ao do pai – tanto quanto se assemelha a qualquer outra manifestação da natureza – sendo, como é, um mero borrão.

Não desprezem essas sugestões, meus amigos. O dia há de chegar em que, com a mamãe de um lado e a vovó do outro, tendo por trás um grupo de moças em êxtase (embora não por vocês), e um esboço careca do ser humano à frente, vocês ficarão extremamente agradecidos por terem algo a dizer. Um homem – um homem solteiro, melhor dizendo – não passa por maior apuro na vida como quando enfrenta a provação do convite "venha conhecer o bebê". Um arrepio lhe percorre a espinha só de ouvir a simples proposta, e o sorriso amarelo com o qual responde que ficará encantado certamente deveria comover até mesmo o coração de uma mãe, a menos que, como estou inclinado a acreditar, todo o processo seja um mero artifício adotado pelas esposas para desestimular as visitas dos amigos solteiros do marido.

É um truque dos mais cruéis, porém, qualquer que seja a justificativa. A campainha é acionada e alguém é despachado para instruir a babá a trazer o bebê. Esse é o sinal para todas as mulheres presentes começarem a falar de recém-nascidos, abandonando-nos com nossos tristes pensamentos enquanto especulamos sobre a viabilidade de nos lembrarmos, subitamente, de um compromisso inadiável e da chance de alguém acreditar nessa lorota, se o fizermos. Justo quando acabamos de conceber uma história absurdamente implausível sobre um amigo que nos espera lá fora, a porta se abre e uma mulher alta e de ar severo adentra, carregando o que à primeira vista parece ser um travesseiro particularmente estreito e com as penas todas concentradas em uma das extremidades. Mas nosso instinto nos diz que aquilo é o bebê, e logo nos levantamos da cadeira numa tentativa sofrível de afetar interesse. Quando se extingue o primeiro jorro de entusiasmo feminino com o qual o objeto em questão é acolhido no recinto, e o número de senhoras falando ao mesmo tempo se reduz às habituais quatro ou cinco, o círculo de anáguas esvoaçantes se divide, abrindo espaço para que avancemos. Procedemos com a mesma disposição que demonstraríamos ao caminhar à noite por um cais escuro na Bow Street e, então, nos sentindo extremamente infelizes, paramos e fitamos a criança, solenes. Faz-se um silêncio mortal e sabemos que todos esperam que nos manifestemos. Tentamos pensar em algo apropriado, mas descobrimos, apavorados, que nossas faculdades mentais evaporaram. É um momento de desespero, e nosso gênio maligno, aproveitando a oportunidade, nos sugere algumas das observações mais idiotas que um ser humano é capaz de perpetrar. Olhando em redor com um sorriso imbecil, comentamos, nervosos, "o bebê não tem muito cabelo, não é?". Ninguém diz nada por longos segundos, até que a babá informa, seríssima:

"Não é comum que recém-nascidos com cinco semanas de idade tenham cabelos compridos." Segue-se outro período de silêncio, e sentimos que nos foi dada uma segunda chance, que logo agarramos, perguntando se a coisinha já anda ou o que lhe dão para comer.

A essa altura, já fomos diagnosticados como ruins da cabeça e o único sentimento que inspiramos é pena. A babá, entretanto, parece ter decidido que, malucos ou não, não nos esquivaremos de levar a tarefa até o fim. Em tom de suma sacerdotisa à frente de um ritual religioso, ela proclama, estendendo o embrulho em nossa direção:

"Pegue-a no colo, senhor." Estamos por demais consternados para oferecer qualquer resistência e, assim, aceitamos humildemente o fardo. "Ponha o braço mais por baixo dela, senhor", ordena a suma sacerdotisa, e então todos dão um passo para trás, observando-nos atentamente como se fôssemos executar um malabarismo com a coisinha.

Não sabemos o que fazer assim como antes não tínhamos ideia do que dizer. É certo que precisamos agir, e a única coisa que nos ocorre é chacoalhar o coitado do bebê para cima e para baixo no ritmo de "bambalalão", ou algo igualmente edificante. "Eu não chacoalharia a criança assim se fosse o senhor", diz a babá; "ela enjoa fácil". No mesmo instante interrompemos o movimento e torcemos sinceramente para já não termos ido longe demais.

Nesse ponto, a própria criança, que até então nos olhava com uma expressão que mesclava horror e nojo, põe fim ao absurdo berrando com fôlego improvável, ao que a sacerdotisa avança e a arranca do nosso colo. "Pronto! Pronto! Pronto! O que moço fez pra você?", pergunta. "Que extraordinário! O que a levou a explodir assim?”, replicamos. “Ora, alguma coisa você deve ter feito! A criança não gritaria desse jeito a troco de nada”, rebate, indignada, a mãe. O julgamento é sumário: elas têm certeza de que estamos cutucando o bebê com alfinetes escondidos.

O pirralho finalmente se acalma e, sem dúvida, assim permaneceria não tivesse uma alma intrometida e mal-intencionada apontado em nossa direção dizendo “Quem é aquele titio ali, nenê?”, ao que o bebê, inteligente, nos reconhece e passa a urrar como nunca antes na história deste país.

Diante disso, uma idosa obesa comenta que “é estranho como as crianças implicam com certas pessoas”. “Ah, eles sabem”, responde outra em tom misterioso. “É uma coisa impressionante”, acrescenta uma terceira; e então todas nos olham de lado, convencidas de que não passamos de cafajestes; e se regozijam na gloriosa ideia de que nosso verdadeiro caráter, até aqui desconhecido de nossos semelhantes, foi escancarado pelos instintos puros de uma criança.

Os bebês, porém, apesar de todos os seus crimes e equívocos, não deixam de ser úteis – certamente não deixam de ser úteis quando preenchem um coração vazio; não deixam de ser úteis quando, a seu chamado, raios solares de amor rompem através de rostos turvos de preocupação; não deixam de ser úteis quando seus dedinhos convertem rugas em sorrisos.

Pessoinhas estranhas! São comediantes involuntários do grande palco do mundo. Acrescentam humor ao drama indigesto da vida. Cada uma delas erguendo uma pequena, mas decidida, oposição à ordem geral das coisas, sempre fazendo a coisa errada na hora errada, no lugar errado e da maneira errada. A enfermeira que mandou Jenny ver o que Tommy e Totty estavam fazendo e "dizer-lhes que parassem com aquilo imediatamente" conhecia bem a natureza infantil. Dê corda a um bebê e, se ele não fizer algo que não deveria, chame um médico na mesma hora.

As crianças têm um dom para se envolver com as situações mais ridículas, e o fazem de uma maneira grave e estoica que é irresistível. O ar sério com que duas delas dão-se as mãos e seguem rumo leste a toda a velocidade (que lhes permitem as perninhas), enquanto a irmã mais velha se esgoela para que a sigam na direção oposta, é algo muito divertido – exceto, talvez, para a irmã mais velha. Andam em volta de um soldado, olhando com curiosidade para suas botas, e depois o cutucam para ver se ele é de verdade. Teimam veementemente, contra todos os argumentos e para o desconforto da vítima, que o jovem tímido sentado no fundo do ônibus é o "papai". Uma esquina apinhada de gente se revela, para eles, o local perfeito para uma estridente discussão familiar. Quando estão atravessando uma rua, são tomados por um impulso incontrolável de dançar, e a soleira da porta de uma loja movimentada é o lugar que sempre escolhem para se sentar e tirar os sapatos.

Quando estão em casa, acham que a maior bengala disponível, ou então um guarda-chuva – de preferência aberto –, são os melhores acessórios para escalarem as escadas até o andar de cima. Descobrem que adoram Mary Ann no exato momento em que a fiel serviçal está polindo o fogão, e não sossegam enquanto não a abraçam ali mesmo, naquele momento. No que diz respeito à alimentação, seus pratos preferidos são carvão mineral e comida para gatos. Embalam o bichano de cabeça para baixo, no colo, e demonstram todo o seu carinho pelo cachorro puxando-lhe o rabo com entusiasmo.

Causam confusão, emporcalham a casa e custam uma fortuna para criar; mas, ainda assim, não viveríamos numa casa sem crianças. Não seria um lar de verdade sem suas vozes ruidosas e suas mãozinhas desastradas. Os cômodos seriam tão silenciosos sem o tropel dos seus pezinhos. E não concordam que as famílias se distanciariam sem o traço de união rabiscado por aquele bando de pequenos tagarelas?

Deveria ser assim, mas já me ocorreu que a mãozinha miúda lembra, antes, uma cunha, que divide em vez de unir. É tarefa imensa enfrentar o mais puro dos afetos humanos – aquele que eleva à perfeição a vida de uma mulher – o amor de mãe. É um amor sagrado, que nós, homens, feitos de matéria menos nobre, dificilmente entendemos, e não acredito estar faltando com a devida reverência quando afirmo que esse sentimento não precisa, de modo algum, ofuscar todos os outros afetos. O bebê não tem de ocupar todo o seu coração, mulher, como aquele homem muito rico que ergueu um muro em torno de um poço no deserto. Não haverá outros viajantes sedentos ao redor?

Em seu anseio por ser uma boa mãe, não se esqueça de ser uma boa esposa. O objeto de seus pensamentos e cuidados não precisa ser único. Sempre que o pobre Edwin a convidar para sair, não responda, indignada: "O quê?! E deixar o bebê sozinho!". Não passe todas as noites trancada no andar de cima, e não limite suas conversas exclusivamente a tosse comprida e sarampo. Minha cara, a criança não vai morrer a cada vez que espirra, a casa não está fadada a arder até virar cinzas nem a babá vai fugir com um soldado a cada vez que você sai pela porta da rua; nem o gato irá se acomodar sobre o peito delicado do bebê assim que você se afastar do berço. Você se preocupa demais com aquele pintinho solitário e, com isso, preocupa todo mundo. Experimente pensar em seus outros deveres, e seu lindo rosto não estará sempre marcado por rugas. E haverá alegria na sala de estar assim como no quarto do bebê. Pense um pouco no seu bebezão. Dance com ele pela casa; chame-o de nomes meigos; ria dele de vez em quando. É apenas o primeiro bebê que ocupa todo o tempo da mulher. Cinco ou seis não requerem tanta atenção quanto um só. Antes de chegarem lá, porém, o estrago já foi feito. Uma casa onde parece não haver espaço e uma esposa demasiado ocupada deixarão de interessar àquele seu marido tão inepto, e ele aprenderá a procurar conforto e companheirismo em outra freguesia.

Mas pronto, pronto, pronto! Se continuo falando assim, vou acabar ganhando fama de quem odeia bebês. E Deus sabe que não é isso. Quem poderia odiar bebês, ao ver os rostinhos inocentes reunidos com ar de desamparo em torno daqueles grandes portões que se abrem para o mundo?

O mundo – esse mundo pequeno e redondo! Que lugar vasto e misterioso deve parecer aos olhos de um bebê! Que continente virgem se lhes revela no quintal dos fundos! Que maravilhosas explorações eles conduzem no porão da casa! Com que espanto contemplam a longa rua, perguntando-se, tal como nós, bebês crescidos, quando elevamos os olhos para as estrelas, onde é que tudo termina!

E naquela rua mais comprida de todas – a rua longa e pouco iluminada da vida, que se estende diante deles – que olhares sérios e conformados eles parecem lançar! Que olhares por vezes sofridos e assustados! Certa noite, vi um menino pequeno sentado à porta de um casebre no Soho, e nunca esquecerei a expressão que a lamparina de gás me revelou em seu rosto raquítico – uma expressão de desesperança abafada, como se daquele beco sórdido houvesse se erguido, espectral, a imagem de sua própria sórdida existência, transfixando-lhe o peito e cobrindo-o de horror.

Pobres pezinhos, apenas começando a jornada pela trilha pedregosa! Nós, velhos viajantes, bem à frente na estrada, só podemos fazer uma pausa para lhe acenar. Você emerge da bruma escura e nós, ao olharmos para trás, o vemos, tão pequenino à distância, de pé no topo da colina, com os braços estendidos em nossa direção. Deus o acompanhe! Gostaríamos de ficar e segurar suas mãozinhas nas nossas, mas o murmúrio do vasto mar já nos chega aos ouvidos e não podemos demorar. Precisamos nos apressar, pois os navios sombrios nos esperam para içar suas velas negras de luto.

Da comida e da bebida

Sempre gostei de comer e beber, desde criança – sobretudo de comer, nos meus tempos de juventude. Eu tinha apetite na época, e boa digestão também. Lembro-me de um cavalheiro de olhar baço e tez lívida que certa vez veio jantar em nossa casa. Ficou me observando comer por uns cinco minutos, aparentemente fascinado, e então se voltou para o meu pai e perguntou:

"Seu filho já sofreu de dispepsia?"

"Nunca o ouvi queixar-se de nada parecido", respondeu meu pai. "Você já sofreu de dispepsia, sr. Borracalças?" (Chamavam-me de Borracalças, mas esse não era meu nome verdadeiro.)

"Não, pai", respondi. E logo emendei:

"O que é dispepsia, pai?"

Meu amigo da tez lívida me encarou com um misto de assombro e inveja. Então, num tom de infinita piedade, disse lentamente:

"Um dia você saberá."

Minha pobre e querida mãe dizia que gostava de me ver comer, e sempre me agradou saber que devo tê-la deixado feliz nesse quesito. Um rapaz saudável e em idade de crescimento, que faz bastante exercício e toma cuidado para não se exceder nos estudos, geralmente consegue satisfazer as mais exigentes expectativas no que diz respeito à alimentação.

É divertido ver meninos comerem, quando não somos nós a pagar a conta. A ideia que eles têm de uma refeição típica inclui 1 quilo de rosbife com cinco ou seis batatas de bom tamanho (de preferência as mais duras, por serem mais substanciosas), muitas verduras e quatro fatias grossas de pudim de Yorkshire, seguidos por bolinhos de groselha, algumas maçãs verdes, um punhado de nozes, meia dúzia de biscoitos de manteiga e uma garrafa de cerveja de gengibre. Depois disso, vão brincar de guerra.

Como eles devem desprezar a nós, homens maduros, que precisamos descansar algumas horas depois de jantarmos uma concha de sopa aguada e uma asinha de frango!

Mas a juventude não reserva apenas vantagens. Um rapaz nunca experimenta o prazer elevado da saciedade. Nunca se sente plenamente satisfeito. Nunca pode esticar as pernas, entrelaçar as mãos atrás da cabeça e, fechando os olhos, mergulhar no júbilo etéreo que invade o homem bem alimentado. Uma refeição pouca diferença faz para um moço. Já para um homem maduro, é como uma poção servida pela fada madrinha, depois da qual o mundo parece-lhe um lugar melhor, mais radiante. Um homem que jantou bem sente um amor comovente pelos seus semelhantes. Acaricia o bichano com muita delicadeza e o chama de "meu gatinho", em tons carregados da mais terna emoção. Simpatiza com os músicos da bandinha alemã que toca na rua e se pergunta se estarão com frio. Naquele momento, nem sequer odeia os parentes da mulher.

Um bom jantar traz à tona o lado mais gentil do homem. Sob sua influência positiva, os sombrios e rabugentos tornam-se joviais e falantes. Indivíduos amargos e empertigados, cuja dieta diurna parece ter por base vinagre e sulfato de magnésio, abrem enormes sorrisos depois do jantar, e exibem uma tendência a dar tapinhas na cabeça das crianças para anunciar – de modo muito vago – que vão lhes dar um dinheirinho. Homens sérios perdem a gravidade e ficam moderadamente animados, e jovens esnobes, do tipo que ostentam grandes bigodes, se esquecem de agir de modo desagradável.

Eu mesmo me descubro sentimental depois do jantar. É o único momento em que consigo apreciar devidamente as histórias de amor. Quando, por exemplo, o herói aperta sua amada contra o peito em um último abraço apaixonado, sufocando um soluço, sinto-me tão arrasado como se tivesse dado as cartas num jogo de *whist* e ficado apenas com um duque; e quando a heroína morre no final, caio no choro. Se eu lesse essa mesma história de manhã cedo, riria com escárnio. A digestão, ou melhor, a indigestão, produz um efeito maravilhoso sobre o coração. Se eu quiser escrever algo muito patético – digo, se eu quiser tentar escrever algo muito patético –, devoro um prataço de pãezinhos com manteiga com uma hora de antecedência e, então, quando me sento para trabalhar, um sentimento de melancolia incontornável se apodera de mim. Imagino amantes de coração dilacerado despedindo-se para sempre e tomando veredas solitárias, enquanto o crepúsculo triste se adensa no entorno e apenas o tilintar do sino de uma ovelha interrompe o silêncio pleno de desalento. Velhos sentados miram flores murchas até que uma névoa de lágrimas lhes turve a visão. Donzelas delicadas esperam, debruçadas em janelas abertas; mas "ele não vem", e os anos, pesados, passam, e as madeixas douradas, cor de sol, ficam brancas e ralas. Os bebês que elas embalaram se transformaram em homens e mulheres crescidos, com suas próprias aflições, e os amiguinhos das brincadeiras e gargalhadas da infância agora jazem, em silêncio, sob a grama ondulante. Mas elas seguem esperando e observando, até as sombras espessas da noite desconhecida surgirem e se assomarem ao seu redor, e o mundo, com seus desassossegos infantis, desvanecer em seus olhos doloridos.

Vejo cadáveres pálidos atirados em ondas de espuma branca, leitos de morte manchados por lágrimas amargas e túmulos em desertos inexplorados. Ouço o lamento desesperado das mulheres, o gemido abafado das criancinhas, o soluço seco dos homens fortes. Tudo culpa dos tais pãezinhos com manteiga. Não seria capaz de compor uma fantasia melancólica depois de comer uma costeleta de carneiro e beber uma taça de champanhe.

Um estômago cheio é de grande utilidade para a poesia, e, de fato, nenhum sentimento, de qualquer natureza, para em pé com o estômago vazio. Não temos tempo ou inclinação para nos entregarmos a aflições imaginárias enquanto não nos livramos dos nossos infortúnios reais. Não suspiramos pela morte de um passarinho com o oficial de justiça batendo à nossa porta; e, quando não sabemos mais de onde arrancar o próximo tostão, pouco se nos dá se o sorriso de nossa amada é frio, quente ou morno; na verdade, que se dane o sorriso.

Os mentecaptos – e quando digo "os mentecaptos", assim, em tom de desdém, refiro-me às pessoas que têm opiniões diferentes das minhas. Se há pessoas que eu desprezo acima do restante da humanidade são as que não pensam exatamente como eu sobre todos os assuntos – os mentecaptos, eu ia dizendo, que nunca experimentaram nem uma coisa nem outra, vêm nos dizer que o sofrimento mental é bem mais aflitivo que o físico. Teoria romântica e comovente! Tão reconfortante para aquele rapazola doente de amor que lança um olhar condescendente para algum pobre-diabo de rosto pálido, passando fome, e pensa consigo mesmo: "Ah, como você é feliz comparado a mim!" – tão conveniente para os velhos gordos que cacarejam a respeito da superioridade da pobreza sobre a riqueza. Mas é tudo bobagem, conversa fiada. Uma dor de cabeça nos faz esquecer num instante a dor de um coração partido. Um dedo quebrado afasta todas as lembranças que nos traria uma cadeira vazia. E um homem que sente muita fome não sente mais nada.

Nós, gente esguia e bem alimentada, não temos ideia do que é passar fome. Sabemos bem o que é não ter apetite e não dar a mínima para os saborosos pratos postos diante de nós, mas não entendemos o que significa adoecer por comida, morrer por um pedaço de pão enquanto tantos desperdiçam alimentos, fitar com olhos famintos a refeição tosca fumegando atrás de vidraças encardidas, ansiar por uma nesga de pudim de ervilha e não ter um vintém sequer para comprá-lo, sentir que migalhas teriam um gosto delicioso e um osso passaria por banquete.

A fome é um luxo para nós, um molho picante, que acrescenta sabor ao prato. Vale a pena ficarmos com fome e sede apenas para descobrirmos como pode ser gratificante o ato de comer e beber. Se desejamos desfrutar plenamente do jantar, devemos dar uma caminhada de 50 quilômetros pelo campo depois do café da manhã e não chegar perto de comida até voltarmos. Ah, como nossos olhos brilharão intensamente ao vislumbrarem a toalha de mesa branca e os pratos quentes! Com que suspiro de contentamento deixaremos de lado a caneca de cerveja vazia e empunharemos garfo e faca! E como nos sentiremos preenchidos, findo o regabofe, ao nos recostarmos na cadeira, acendermos um charuto e abrirmos um belo sorriso a todos os presentes.

Devemos nos assegurar, porém, quando adotamos um plano assim, de que um jantar digno do nome será por certo servido no final da aventura, caso contrário a decepção será doída. Lembro-me de uma situação em que eu e um amigo estivemos envolvidos – o meu querido Joe. Ah! Que pena acabarmos nos separando dos nossos em meio à bruma da vida. Já lá se vão uns oito anos que não encontro com Joseph Taboys. Como seria bom ver novamente aquele rosto jovial, apertar-lhe a mão forte e ouvir-lhe a risada alegre! E ele também me deve 14 xelins. Pois bem, estávamos passando as férias juntos e, certa manhã, tomamos o café bem cedo, antes de partirmos para uma longa caminhada. Havíamos pedido, na véspera, que nos preparassem pato para o jantar, em nosso regresso do passeio. Fomos claros: "Separem um pato de bom porte porque voltaremos para casa com uma fome de leão". Quando íamos saindo do albergue, nossa senhoria surgiu toda animada e disse: "Tenho aqui um pato para os senhores, se quiserem. Se conseguirem dar conta, estarão bem servidos"; e então ergueu uma ave do tamanho de um capacho de porta. Sem poder segurar o riso ao vermos o tamanho do bicho, respondemos que iríamos tentar. E o dissemos com orgulho algo contido, como homens que têm plena consciência do que são capazes. E então partimos.

Perdemo-nos, claro. Sempre me perco no campo, e isso me deixa louco porque não adianta pedir orientação a ninguém que encontremos pelo caminho. Dá na mesma perguntar a uma criada de albergue como é que se fazem as camas ou esperar que um caipira saiba como se chega à aldeia mais próxima. Temos de berrar-lhe a pergunta umas três vezes antes que o som de nossa voz lhe penetre o crânio. Na terceira, ele levanta lentamente a cabeça e nos volta o olhar vazio. Gritamos, então, pela quarta vez, e ele repete o que perguntamos. Ele reflete um pouco, enquanto contamos até duzentos, quando, falando ao ritmo de três palavras por minuto, ele anuncia que "o melhor a fazer é...". Nesse momento, ele avista outro idiota vindo pela estrada e lhe explica, aos gritos, o que está acontecendo, e pede-lhe um conselho. Os dois então discutem a questão por cerca de um quarto de hora até que, finalmente, concordam que o melhor é seguirmos direto pela estrada, contornarmos à direita e cruzarmos a cerca na terceira passagem com degraus, depois mantermos a esquerda perto do curral do velho Jimmy Milcher, atravessarmos o campo de 7 acres, cruzarmos o palheiro do Grubbin, percorrermos a trilha para cavalos por algum tempo até chegarmos em frente à colina onde ficava o moinho de vento – ficava, não fica mais – e nesse ponto virarmos à direita, deixando a plantação de Stiggin para trás; diante disso, dizemos "obrigado" e vamos embora com uma dor de cabeça de rachar, mas sem a menor noção do caminho, a única ideia clara que temos sobre o assunto é que em algum lugar há uma passagem com degraus que deve ser transposta; e na curva seguinte já topamos com quatro passagens, todas levando a direções diferentes!

Tínhamos vivido esse martírio duas ou três vezes. Tínhamos espezinhado plantações. Tínhamos atravessado riachos e escalado cercas e muros. Tínhamos brigado sobre quem seria o culpado por termos nos perdido. Estávamos totalmente intratáveis, com os pés doloridos e sentindo-nos exaustos. Mas, durante todo esse tormento, a esperança de destrinchar aquele pato era o que nos dava fôlego. Qual uma visão mágica, o bicho flutuava diante de nossas retinas fatigadas e nos empurrava à frente. Pensar no pato era como ouvir o som da trombeta que convoca ao combate o soldado prestes a desmaiar. Falávamos da ave e nos animávamos com as lembranças da conversa com a senhoria, pela manhã. "Avante", dizíamos, "senão o pato estraga".

A certa altura, sentimo-nos muito tentados a entrar numa pousada no meio do caminho e comer um queijo e alguns pães, mas nos contivemos heroicamente: desfrutaremos melhor do banquete se estivermos esfomeados.

Imaginamos ter sentido o aroma da ave assada quando entramos na cidade e, assim, percorremos os últimos 500 metros em três minutos. Corremos escada acima, tomamos um banho, nos vestimos e descemos de pronto. Chegando à sala de jantar, puxamos as cadeiras e nos sentamos à mesa, esfregando as mãos enquanto a senhoria descobria as bandejas, momento em que peguei faca e garfo e comecei a destrinchar o bicho.

O pato parecia exigir muito da faca. Lutei com ele por cerca de cinco minutos sem deixar-lhe sequer um arranhão, quando então Joe, que até ali comia batatas, perguntou se não seria melhor deixar aquela tarefa para alguém que de fato soubesse destrinchar um pato. Não tomei conhecimento de sua observação idiota; em vez disso, redobrei o ataque à ave com tanto vigor que, dessa vez, o animal abandonou o prato e se refugiou no protetor da lareira.

Logo o desvencilhamos dali, porém, e eu já estava pronto para uma nova investida. Mas Joe estava ficando irritado. Disse que, se soubesse que íamos praticar hóquei às cegas com o jantar, teria comido pão com queijo no caminho.

Eu estava exausto demais para discutir. Larguei a faca e o garfo com dignidade, afastei-me da bandeja e deixei que Joe lidasse com a desgraçada daquela criatura. Ele trabalhou em silêncio por um tempo, resmungou "pato maldito" e tirou o casaco.

Acabamos arregaçando o animal com a ajuda de um cinzel, mas era absolutamente impossível comê-lo, e nosso jantar se resumiu a alguns legumes e uma torta de maçã. Ainda experimentamos uma garfada do pato, era como mastigar borracha.

Foi um pecado terem abatido aquele belo espécime. Mas assim são as coisas, ninguém mais respeita as venerandas instituições deste país.

Comecei este artigo com a ideia de escrever sobre comida e bebida, mas parece que até este ponto me ative apenas a comida. O fato é que bebida é daqueles assuntos com os quais não é aconselhável parecermos demasiado familiarizados. Ficou para trás o tempo em que era considerado viril ir para a cama embriagado todas as noites, e um homem que amanheça com as ideias claras e as mãos firmes já não leva mais a pecha de efeminado. Pelo contrário, nesta era tristemente degenerada, um hálito fedendo a álcool, um rosto bexiguento, um andar cambaleante e uma voz rouca são vistos como as marcas do grosseirão, não do cavalheiro.

Mesmo hoje em dia, porém, a sede que os homens sentem é da ordem do sobrenatural. Estamos sempre arrumando pretexto para beber. Um homem só está confortável quando tem um copo diante de si. Bebemos antes das refeições, durante as refeições e depois das refeições. Bebemos quando encontramos um amigo e também quando nos despedimos dele. Bebemos enquanto conversamos, enquanto lemos e enquanto refletimos. Bebemos à saúde uns dos outros e acabamos estragando a nossa. Bebemos à rainha, ao exército, às damas e a quem mais for homenageável; e acredito que, no desespero, beberíamos inclusive às nossas sogras.

Aliás, nunca comemos à saúde de ninguém, sempre bebemos. Por que não devemos nos levantar de vez em quando e comer uma torta ao sucesso de alguém?

No que me diz respeito, confesso que essa necessidade constante de beber que toma conta da maioria dos homens me parece inexplicável. Consigo entender aqueles que bebem para afogar as mágoas ou para afastar pensamentos perturbadores. Consigo entender as massas ignorantes que amam se afundar na bebida. Claro, é muito chocante que o façam – é chocante para nós, diga-se, que vivemos em casas aconchegantes, cercados dos confortos e prazeres da vida, que pessoas que moram em porões úmidos e sótãos congelantes escapem de seus covis miseráveis em busca do calor e do brilho de um bar, e desejem flutuar, por um átimo que seja, para longe de seu mundo sombrio, embalados por um copo de gim.

Mas antes de erguermos as mãos horrorizados com a vida menor que essa gente leva, pensemos no que a "vida" realmente significa para essas infelizes criaturas. Imaginemos a penúria de sua existência embrutecida, que se arrasta, ano após ano, no cômodo minúsculo e fétido onde, amontoados como vermes no esgoto, eles chafurdam, adoecem e dormem; onde crianças encardidas gritam e brigam, e onde mulheres de hábitos libertinos e voz estridente se esbofeteiam, praguejam e resmungam; onde a rua, lá fora, transborda imundícies, e a casa é um caos de tumulto e mau cheiro.

Pensemos em como essa bela flor da vida não passa, para eles, de um mero pedaço de pau ressecado e sem seiva. O cavalo em sua baia fareja o feno fresco e mastiga o milho maduro, satisfeito. O cão de guarda pestaneja para o sol dadivoso, sonha com uma gloriosa perseguição pelos campos cobertos de orvalho e desperta com um latido de alegria para saudar a mão que o acaricia. Mas a vida difícil desses farrapos humanos nunca recebe sequer um raio de luz. Desde o momento em que se arrastam da cama dura, pela manhã, até a hora em que ali voltam a desabar para dormir, nem por um instante experimentam uma amostra da vida real. Desconhecem o significado das palavras brincadeira, diversão, companheirismo. Conceitos como alegria, tristeza, riso, lágrimas, amor, amizade, desejo e desespero carecem-lhes de sentido. Desde o dia em que seus olhos de bebê fitam pela primeira vez seu mundo sórdido, até o dia em que, com um juramento, se fecham para sempre e seus ossos são despejados numa cova rasa, não há sequer um gesto de simpatia humana que os acolha, um único pensamento que os comova, um fiapo de esperança que os motive. Em nome da misericórdia divina, deixemos que entornem goela abaixo a bebida enlouquecedora e sintam, por um breve momento, que estão vivos!

Ah! Podemos falar sobre sentimentos o quanto quisermos, mas o estômago é o verdadeiro lar da felicidade neste mundo. A cozinha é o templo principal onde adoramos esse deus, o seu fogo crepitante é a nossa chama vestal e o cozinheiro é o nosso sumo sacerdote. É um mágico poderoso e gentil. Alivia os sofrimentos e as inquietações. Afasta toda inimizade e alegra todo amor. Nosso deus é grande e o cozinheiro é o seu profeta. Que possamos comer, beber e ser felizes.

Do apartamento mobiliado

"É aqui que alugam quartos?"

"Mamãe!"

"O que foi?"

"Tem um homem aqui perguntando do quarto."

"Manda entrar, já subo."

"Pode entrar, por favor, minha mãe já vem."

Entramos e, passado um minuto, a "mãe" surge lentamente no topo da escada que vem da cozinha, desamarrando o avental e disparando instruções sobre as batatas para alguém que ficou lá embaixo.

"Bom dia, meu senhor", diz a "mãe", com um sorriso amarelo. "Me acompanhe, por favor."

"Olha, talvez nem valha a pena subir", retrucamos. "Como são os quartos? Quanto custam?"

"Bem", diz a senhoria, "se o senhor me acompanhar ao andar de cima, posso mostrar os quartos".

Assim, com um murmúrio de protesto, dando a entender que qualquer reclamação por perda de tempo feita *a posteriori* não deverá ser a nós imputada, seguimos a "mãe" escada acima.

No primeiro patamar, esbarramos num balde e numa vassoura, e a "mãe" logo passa a discorrer sobre a falta de responsabilidade das criadas para, em seguida, debruçar-se sobre o corrimão e berrar que Sarah venha imediatamente recolher o balde e a vassoura. Quando chegamos à porta do quarto, ela se detém, com a mão na maçaneta, para nos explicar que o quarto está um tanto desarrumado e sujo porque o último inquilino só foi embora ontem; e acrescenta que hoje é dia da limpeza – todo dia é. Feito o esclarecimento, entramos no quarto e, com ar solene, ao lado da senhoria, observamos atentos o cenário diante de nós. Não se pode dizer que seja um quarto convidativo. A própria expressão da "mãe" já trai certa falta de entusiasmo. "Apartamentos mobiliados" desabitados, vistos à luz da manhã, não inspiram sensações alegres. Há neles um clima mortiço. É muito diferente quando já nos instalamos e passamos a morar neles. Com os velhos e conhecidos deuses caseiros para nos saudar sempre que levantamos o olhar, além de todas as nossas bugigangas ali em volta... as fotografias de todas as moças que amamos e deixamos escapar dispostas sobre a lareira, e meia dúzia de cachimbos de aparência vergonhosa espalhados em posições dolorosamente conspícuas... uma pantufa espiando por baixo do cesto de carvão e outra empoleirada em cima do piano... quadros já velhos conhecidos escondendo paredes encardidas e esses nossos amigos queridos, os livros, empilhados por todo canto... as peças de porcelana azul antigas que nossa mãe tanto apreciava e a tela guarda-fogo que ela bordou naqueles dias longínquos, quando seu rosto doce sorria, pleno de juventude, e os cabelos, mais tarde brancos e macios, escorriam em cachos castanho-dourados sob o chapeuzinho.

Ah, velho guarda-fogo bordado, que belíssima figura você deve ter sido ainda novinho, quando as tulipas, as rosas e os lírios (todos brotando do mesmo caule) resplandeciam cintilantes! Muitos verões e invernos se passaram desde então, meu amigo, e você brincou com a luz dançante das chamas até ficar triste e cinzento. Suas cores vibrantes agora desbotam rapidamente, e as traças invejosas roeram seus fios de seda. Você definha como as mãos hoje mortas que um dia teceram os seus adornos. Você chega a pensar nessas mãos defuntas? Há momentos em que você parece tão sério e pensativo que eu quase acredito que sim. Venha, você e eu e as brasas de brilho avermelhado, conversemos os três. Diga-me em sua linguagem silenciosa o que lembra daqueles dias juvenis, quando você se aninhava no colo delicado da minha mãe e os dedos pueris dela brincavam com suas tranças cor de arco-íris. Não havia por vezes um rapaz ali ao lado – um rapaz que agarrava uma das mãozinhas da minha mãe e a cobria de beijos ávidos, e que resistia a largá-la, interferindo no avanço da sua confecção? Sua frágil existência, caro guarda-fogo, não foi muitas vezes posta em perigo por esse mesmo rapaz desajeitado e teimoso, que o jogava desrespeitosamente de lado com gestos duros, para que, não satisfeito com uma, pudesse agarrar as duas mãos e fitar os olhos amados? Vislumbro agora aquele rapaz em meio à névoa do crepúsculo bruxuleante. É um moço inquieto, de olhos vivos, com sapatos elegantes, de bico fino, e calções bem justos, camisa com babados como a neve e lenço de pescoço... Ah! Um cabelo tão ondulado! Um moço fogoso, de espírito leve! Será que ele é o mesmo cavalheiro sério em cuja bengala eu cavalgava de pernas cruzadas, o homem curvado pelas preocupações cujo rosto pensativo eu olhava com reverência infantil e a quem chamava de "pai"? Você me afirma que "sim", velho guarda-fogo; mas terá certeza? É uma acusação grave essa que você apresenta. Será possível? Ele teve de se ajoelhar naqueles magníficos calções e erguer você do chão, e ainda ajeitá-lo antes de minha mãe o perdoar e lhe afagar com dedos delicados o cabelo encaracolado? Ah, velho guarda-fogo, será que os rapazes e as moças namoravam há cinquenta anos como namoram agora? Será que não mudam? O coração das donzelas batia sob os corpetes bordados de pérolas da mesma forma como o fazem sob os vestidos largos das matronas de hoje? Será que usar um elmo de aço ou uma cartola não afeta os miolos ali embaixo? Ah, tempo! Grande Cronos! É este o seu poder? Esvaziou mares e nivelou montanhas, mas deixou intocadas as minúsculas fibras do coração humano para que o provocassem? Ah sim! Elas foram fiadas por uma entidade mais poderosa do que você e se estendem para além de seu limitado alcance, pois seus fins são firmados na eternidade. Sim, você pode ceifar as folhas e as flores, mas as raízes da vida são muito profundas para serem feridas por sua foice. Você remodela os trajes da Natureza, mas não pode lhe alterar, por pouco que seja, as pulsações do peito. O mundo gira obediente às suas leis, mas o coração do homem não pertence ao seu reino: no lugar onde nasceu, "mil anos são como o dia de ontem".

Mas receio estar me afastando do tema "apartamentos mobiliados", e já não sei bem como voltar. Desta feita, porém, tenho uma desculpa para minhas divagações. Foi uma peça de mobília velha que me distraiu, e as fantasias se aglomeram, não sei bem como, em torno de mobília velha do mesmo modo que o musgo recobre as pedras. Nossas cadeiras e mesas passam a fazer quase parte da nossa vida, qual amigos silenciosos. Que estranhas histórias esses desgastados camaradas feitos de madeira poderiam contar se decidissem abrir a boca! A que comédias e tragédias insuspeitas não terão assistido! Quantas lágrimas amargas terão sido derramadas naquela velha almofada! Que sussurros apaixonados o sofá terá ouvido sem querer!

Móveis novos não exercem nenhum encanto sobre mim comparado com os antigos. São as coisas velhas que amamos – os velhos rostos, os velhos livros, as velhas piadas. A mobília nova pode compor um palácio, mas é preciso mobília velha para fazer um lar. Não apenas velha em si – móveis de pensão geralmente são –, mas deve ser velha para nós, velha em termos de associações e lembranças. Os itens encontrados em apartamentos mobiliados, por mais decrépitos que estejam, revelam-se novos aos nossos olhos, e sentimos que jamais poderíamos nos acostumar com eles. É também o caso com recém-conhecidos, sejam de madeira ou de carne e osso (e, às vezes, é mínima a diferença entre as duas espécies), a primeira impressão só parece captar os piores aspectos. A madeira nodosa e o pelo de crina lustroso que recobre a poltrona sugerem tudo, menos conforto. O espelho está esfumaçado. As cortinas precisam de água e sabão. O tapete está puído. A mesa ameaça desabar no instante em que lhe apoiarmos alguma coisa. A grade da lareira é tristonha, o papel de parede é medonho. O teto dá a impressão de ter sido enxaguado com café, e os adornos todos – bem, são ainda piores do que o papel de parede.

Deve haver uma fábrica especial, secreta, que produz enfeites para hospedarias. Encontram-se exatamente os mesmos artigos em todas os estabelecimentos desse tipo no reino, objetos que jamais são vistos em nenhum outro lugar. Há aquele par de – como se chama aquilo mesmo? Ficam postados cada um numa extremidade do consolo da lareira, de onde parecem estar sempre prestes a despencar, com longos pingentes de vidro triangulares pendurados, que tilintam uns contra os outros, deixando-nos nervosos. Nos quartos mais comuns, essas obras de arte são acompanhadas por algumas peças de porcelana, que tanto podem representar uma vaca sentada sobre as patas traseiras como um modelo do templo de Diana, em Éfeso, ou ainda um cachorro ou qualquer coisa que queiramos imaginar. Em algum outro canto do quarto deparamos com um objeto de aparência biliosa, que a princípio acreditamos ser um pedaço de miolo de pão deixado por uma das crianças, mas que, examinando mais atentamente, parece se assemelhar a um cupido mal-feito. Essa coisa é chamada de estátua pela senhoria. Há também um bordado numa moldura, obra de algum parente apalermado da família, uma imagem dos huguenotes, dois ou três textos bíblicos e um certificado emoldurado, com vidro e tudo, atestando que o pai foi vacinado ou é membro da confraria dos Odd Fellows, ou algo assim.

Examinamos essas tristes atrações e, então, perguntamos, melancólicos, quanto é o aluguel.

"Até que não está mal", dizemos, ao ouvir o valor.

"Bem, para falar a verdade", responde a senhoria em súbita explosão de franqueza, "sempre recebi" (e menciona uma quantia muito acima do primeiro valor que pediu), "e antes disso eu cobrava" (uma cifra ainda maior).

Só de pensar no valor do aluguel de um quarto há vinte anos nos dá arrepios. Todas as senhorias fazem com que nos sintamos profundamente constrangidos ao nos informarem, sempre que o assunto surge, que costumavam cobrar o dobro do que estaremos pagando pelos quartos. Os jovens hóspedes da geração anterior deviam ser bem mais ricos do que os de hoje, ou iam todos à falência. Eu mesmo, se vivesse naquela época, teria de morar no sótão.

Curioso notar que em matéria de hospedarias a lei da vida se inverte. Quanto mais subimos na vida, mais descemos no edifício do alojamento. Na escadaria da pensão, o pobre está no topo; o rico, aqui embaixo. Começamos no sótão e vamos descendo, degrau a degrau, até o primeiro andar.

Muitos grandes homens viveram em sótãos e alguns morreram ali. Os sótãos, ensina o dicionário, são "lugares onde se guardam trastes", e o mundo os tem usado para armazenar uma boa parte de seus trastes em diferentes momentos. Seus pregadores, pintores e poetas, seus homens de fronte grave que buscam descobrir coisas novas, seus homens de olhos de fogo que dizem as verdades que ninguém quer ouvir – esses são os trastes que o mundo esconde em seus sótãos. Haydn cresceu em um sótão e Chatterton passou fome em outro. Addison e Goldsmith escreveram em águas-furtadas. Faraday e De Quincey conheciam-nas bem. O dr. Johnson acampava alegremente em sótãos, dormindo a sono solto – às vezes solto demais – em suas camas de campanha, como o robusto soldado da fortuna que era, imune às adversidades e totalmente desatento consigo mesmo. Dickens passou a juventude em águas-furtadas; Morland, a velhice – infelizmente, uma velhice embriagada e prematura. Hans Andersen, o rei dos contos de fadas, sonhou suas doces fábulas sob os telhados inclinados dos sótãos. O pobre e teimoso Collins apoiou a cabeça nas mesas esquisitas que mobiliam esses espaços; o pedante Benjamin Franklin; Savage, o obstinado, sempre preocupado em poder pagar uma cama mais macia do que a soleira de uma porta; o jovem Bloomfield, "Bobby" Burns, Hogarth, o engenheiro Watts – a lista é infinita. Desde que as habitações humanas ganharam dois andares de altura, o sótão se transformou no celeiro dos gênios.

Ninguém que honra a aristocracia do espírito pode se vergonhar de ter familiaridade com as águas-furtadas. Suas paredes manchadas pela umidade são sagradas para a memória de nobres figuras. Se toda a sabedoria do mundo e toda a sua arte – todos os despojos subtraídos da natureza, todo o fogo arrancado ao céu – fossem reunidas e repartidas em montes, e pudéssemos apontar e dizer, por exemplo, essas verdades incontornáveis foram reveladas no salão brilhante em meio ao som de gargalhadas ligeiras e o cintilar de olhares vívidos; e esse conhecimento profundo foi desenterrado no estúdio silencioso, onde o busto de Palas contempla, sereno, estantes cheirando a couro; e esse monte pertence à rua apinhada; e aquele, ao campo coberto de margaridas – o monte que se ergueria bem acima dos restantes, feito montanha acima das colinas, seria aquele para o qual levantaríamos o olhar e diríamos: esse monte mais nobre de todos – essas pinturas sublimes e essa música arrebatadora, essas verdades eternas, esses pensamentos solenes, esses gestos ousados, tudo isso foi forjado e moldado no meio da miséria e da dor, na sórdida imundície do sótão urbano. Dali, de seus ninhos, enquanto o mundo abaixo se agitava e pulsava, os reis dos homens lançaram seus pensamentos de águia para alçar voo através dos tempos. Dali, de onde a luz do sol entrava pelas vidraças rachadas e iluminava tábuas apodrecidas e paredes emboloradas; dali, de seus tronos elevados, esses júpiteres maltrapilhos enviaram seus raios e abalaram, repetidas vezes, os alicerces da terra.

Acomode-os em seus depósitos de trastes, ó mundo! Feche-os bem e tranque a porta com a chave da pobreza. Solde bem as grades e deixe-os definhar heroicamente dentro da jaula apertada. Deixe-os passar fome, apodrecer e morrer. Ria quando esmurrarem a porta, desesperados. Siga adiante, entre a poeira e o barulho, e deixe-os para trás, esquecidos.

Mas tome cuidado para que eles não se virem e o firam. Nem todos, como a lendária fênix, gorjeiam doces melodias enquanto agonizam; às vezes cospem veneno – veneno que você deverá inalar, quer queira, quer não, pois não pode amordaçá-los, embora possa acorrentar-lhes as mãos e os pés. Pode também cerrar a porta, mas eles arrebentam as tramelas e berram lá do alto, de modo que os homens não possam deixar de ouvi-los. Você perseguiu o selvagem Rousseau até o sótão mais simplório da Rue St. Jacques e zombou de seus gritos furiosos. Mas aquele chamado estridente e tênue ganhou corpo, cem anos depois, transformando-se no rugido soturno da Revolução Francesa, e a civilização até hoje estremece sob as reverberações da voz do filósofo.

Já eu gosto de um sótão. Não para morar, claro: como residência, é inconveniente. Tem muito sobe e desce de escadas para o meu gosto. Faz lembrar a experiência desagradável do moinho de trabalhos forçados. O formato do teto favorece as cabeçadas e desfavorece o barbear. E o miar do gato que flerta no telhado com sua amada na calada da noite torna-se absolutamente insuportável quando ouvido de tão perto.

Não, para morar, deem-me um conjunto de quartos no primeiro andar de uma mansão em Piccadilly (que sonho!); mas, para refletir, prefiro um sótão a dez lances de escada da rua, no bairro mais movimentado da cidade. Partilho de toda a afeição de Herr Teufelsdrockh pelas águas-furtadas. Há algo de sublime naquelas alturas. Adoro "sentar-me tranquilamente e observar o vespeiro do alto"; ouvir o murmúrio abafado da maré humana vazando e subindo sem cessar pelas ruas e vielas estreitas lá embaixo. Como os homens parecem pequenos, como lembram uma multidão de formigas combalidas em meio ao caos do seu pequeno formigueiro! Como parece desimportante a lida que se apressam em concluir! Como se acotovelam e se empurram feito crianças, rosnando e se arranhando! Tagarelam, berram e praguejam, mas suas vozinhas insignificantes não chegam aqui em cima. Queixam-se, irritam-se, enfurecem-se, resfolegam-se e morrem; "mas eu, *mein* Werther, pairo acima desse turbilhão; estou sozinho com as estrelas".

O sótão mais extraordinário com que um dia deparei foi um que dividi com um amigo, há muitos anos. De todas as construções excentricamente planejadas, de Bradshaw ao labirinto em Hampton Court, aquela água-furtada era a mais excêntrica. O arquiteto que a projetou deve ter sido um gênio, embora eu não consiga deixar de pensar que seus talentos teriam sido mais bem empregados na criação de quebra-cabeças do que no traçado de habitações para seres humanos. Nenhuma forma geométrica concebida por Euclides serviria para descrever aquele apartamento. Continha sete cantos, duas das paredes eram inclinadas até uma certa altura, e a janela ficava logo acima da lareira. O único lugar que sobrava para encaixar a cama era entre a porta e a despensa. Para tirar o que fosse da despensa, tínhamos de passar por sobre a cama, e uma grande porcentagem das várias mercadorias assim obtidas era absorvida por lençóis e colchas. Na verdade, tantas coisas eram derramadas e jogadas em cima da cama que, à noite, ela se tornava uma espécie de pequena mercearia. Carvão era sempre o principal item em estoque. Costumávamos guardar o carvão na parte inferior da despensa e, quando precisávamos acender o fogo, tínhamos de escalar a cama, encher a pá com carvão e depois engatinhar no sentido contrário sobre a colcha. Era sempre um momento emocionante alcançar o meio da cama. Prendíamos a respiração, fixávamos o olhar na pá e nos preparávamos para o último arranque. No instante seguinte, nós, o carvão, a pá e a cama estaríamos todos juntos e misturados.

Já ouvi falar de pessoas que entram em êxtase ao descobrirem jazidas de carvão. Dormíamos sobre um leito de carvão todas as noites e nunca nos vangloriamos disso.

O nosso sótão, porém, por mais singular que fosse, nem de longe esgotara o senso de humor do arquiteto. O projeto todo era um prodígio de originalidade. Todas as portas se abriam para fora, de modo que, se alguém quisesse sair de um cômodo no mesmo momento em que descíamos a escada, criava-se um tremendo desconforto. Não havia andar térreo – o andar térreo pertencia a uma casa ao lado, e a porta da rua se abria diretamente para um lance de escadas que levava ao porão. As visitas, ao adentrarem a casa, precipitavam-se num átimo pela pessoa que viera atendê-las e desapareciam escada abaixo.

As de temperamento nervoso imaginavam ter sido vítimas de uma armadilha e gritavam "querem me matar!" enquanto jaziam no pé da escada até que alguém viesse e as resgatasse.

Já faz tempo que não piso em um sótão. Experimentei vários andares desde então, mas não senti muita diferença. A vida tem o mesmo sabor quer a sorvamos em um cálice de ouro ou em uma caneca de pedra. As horas chegam carregadas da mesma mescla de alegria e tristeza onde quer que esperemos pela sua chegada. Um colete de lã ou de fustão tem o mesmo apelo para um coração partido – nenhum; e não rimos mais gostosamente quando acomodados em almofadas de veludo do que em assentos de madeira. Muitas vezes suspirei naqueles quartos de teto baixo, mas as desilusões não se revelaram menos intensas nem menos sofridas desde que os deixei. A vida funciona em equilíbrio compensatório, e a felicidade que alcançamos de um lado perdemos de outro. À medida que nossos recursos aumentam, o mesmo acontece com nossos desejos; e ficamos sempre no meio do caminho entre estes e aqueles. Quando moramos em um sótão, degustamos com prazer um jantar de peixe frito com cerveja preta. Quando mudamos para um primeiro andar, só um elaborado jantar no Continental pode nos trazer a mesma satisfação.

Das roupas e dos modos

Dizem – quem o diz são pessoas que deveriam ter vergonha de si próprias – que a consciência de estarmos bem-vestidos confere ao espírito uma felicidade que a religião é incapaz de conceder. Receio que esses céticos às vezes tenham razão. Sei que, quando eu era bem jovem (há muito, muito tempo, como dizem os livros de histórias) e queria me animar, me vestia com minhas melhores roupas. Se eu tivesse ficado aborrecido com alguma coisa – se minha lavadeira tivesse me dito um desaforo, por exemplo; ou meu poema em versos brancos tivesse sido devolvido pela décima vez, com os cumprimentos do editor e uma observação dizendo que "lamentavelmente, por falta de espaço, não poderemos nos valer dessa amável oferta para publicarmos sua obra";

ou tivesse sido rejeitado pela mulher que amei como nenhum homem amou antes de mim – a propósito, é realmente extraordinária a variedade de possíveis maneiras de amar. Todos amamos como nunca ninguém amou antes. Não sei como nossos bisnetos vão se arranjar. Terão de se virar do avesso quando chegar a hora deles, se quiserem insistir em não repetir métodos anteriores.

Bem, como eu ia dizendo, quando essas coisas desagradáveis me aconteciam e eu me sentia oprimido, vestia minhas melhores roupas e saía à rua. Isso resgatava minha autoestima perdida. Com um chapéu novo em folha e uma calça com vinco na frente (vinco esse que eu conservava com muito zelo, mantendo a calça debaixo da cama – não no chão, naturalmente, mas entre o estrado e o colchão), eu me sentia importante e me dava conta de que havia outras lavadeiras no mundo; sim, e até outras moças para amar, que talvez valorizassem um rapaz inteligente e bonito. Nada me importava, agia com impetuosidade. Amaria outras donzelas. Acreditava que, com aquelas roupas, tudo estava ao meu alcance.

Elas têm imensa importância para o namoro, as roupas. É meio caminho andado. Pelo menos essa é a convicção do jovem, que por isso precisa de um par de horas para se pôr à altura da ocasião. A primeira meia hora é ocupada na tentativa de decidir se deve usar o terno claro, com a bengala e o chapéu-coco bege, ou a casaca preta, com a cartola e o guarda-chuva novo. É certo que vai errar qualquer que seja a escolha. Se optar pelo terno claro com a bengala, virá a chuva e ele chegará à casa da moça ensopado e enlameado, e passará a noite tentando esconder as botas sujas. Se, por outro lado, decidir a favor da cartola e do guarda-chuva – ninguém jamais sonharia em sair de cartola sem levar um guarda-chuva; seria como deixar o bebê (que Deus o abençoe!) cambalear porta afora sem a companhia da ama. Como odeio cartolas! Comigo, duram uma eternidade. Só uso quando – bem, deixa pra lá, pouco importa quando uso cartola. Duram-me muito tempo. A minha atual já está comigo há cinco anos. Ficou meio fora de moda no verão passado, mas agora o estilo voltou e me caiu muito bem.

Mas voltando ao nosso jovem e sua tentativa de namoro. Se ele sai de casa com a cartola e o guarda-chuva, a tarde trará um calor insuportável; o suor fará escorrer todo o sabão do seu bigode e converterá o cacho de cabelo lindamente arranjado sobre a testa em um fiapo disforme qual um chumaço de alga marinha. As Parcas nunca se mostram favoráveis ao pobre coitado. Se, por sorte, ele ainda consegue chegar à porta da moça em estado apresentável, avisam-lhe que ela saiu com a prima e só voltará tarde.

Ah, como um jovem enamorado, ridicularizado pelas esquisitices do vestuário moderno, deve invejar os galãs pitorescos de setenta anos atrás! Olhem para eles (nos cartões de Natal), de cabelos cacheados e chapéus elegantes, com as pernas bem torneadas protegidas por calções, calçando botas reluzentes e vestindo camisas com babados no peito, de bengala e correntes pendendo do relógio. Não admira que a pequena donzela com o gorro enorme e a faixa azul-clara na cintura baixe os olhos e fique completamente entregue. Os homens conquistavam corações com roupas assim. Mas o que esperar de alguém trajando calças largas e uma jaqueta de marinheiro?

As roupas têm sobre nós um efeito maior do que imaginamos. Nosso comportamento depende de nossa vestimenta. Obriguem um homem a vestir uns trapos surrados e puídos, e irão vê-lo se esgueirando pelas ruas com a cabeça baixa, como o sujeito que sai em busca de cerveja para o jantar. Mas vistam o mesmo indivíduo com roupas deslumbrantes e tecidos finos, e o terão pavoneando-se pela rua principal da cidade, balançando a bengala e olhando para as moças com a pose empertigada de um galinho.

As roupas alteram a nossa natureza. Um homem não consegue deixar de se revelar feroz e ousado com uma pluma no chapéu, uma adaga na cintura e uma camisa de alvas mangas bufantes. Mas, trajando um capote velho, no máximo irá lograr se esconder atrás de um poste e chamar a polícia.

Estou disposto a reconhecer que é possível encontrar valores elevados, honestidade inconteste, afeição profunda e todas as virtudes análogas da escola da carne-assada-com-pudim-de-ameixa, ou talvez até mais, sob a casimira e o *tweed*, como outrora havia sob a seda e o veludo; mas o espírito daqueles cavaleiros que "pelejavam pelo amor de uma donzela" e que "sacrificavam-se pelo sorriso de sua amada" requer o retinir do aço e o farfalhar das plumas para convocá-lo de seu túmulo, onde jaz entre as dobras empoeiradas das tapeçarias e sob as folhas apodrecidas de crônicas mofadas.

O mundo deve estar envelhecendo, quer me parecer; veste-se agora com demasiada sobriedade. Já passamos pelo período infantil da humanidade, quando corríamos livres, vestindo apenas um manto folgado, e gostávamos de andar descalços. Veio depois a era bruta e bárbara, a meninice de nossa raça. Não nos importávamos com o que trajávamos, mas achávamos boa ideia tatuar o corpo inteiro, e nunca nos penteávamos. Em seguida, o mundo cresceu, converteu-se num jovem vaidoso. Enfeitou-se, agora exibia cachos esvoaçantes e vestia gibões escarlates, e passou a cortejar as moças, a se gabar por aí, a aprontar – em uma palavra, a aparecer.

Mas aqueles dias alegres e desvairados da juventude ficaram para trás, e hoje somos muito contidos, muito solenes – e muito maçantes, dizem alguns. O mundo do século XIX é um cavalheiro sério de meia-idade que ficaria chocado ao se ver em roupas um pouco mais vistosas. E assim elege casacos e calças de cor preta, usa chapéus pretos e botas pretas, e, por Deus, é um cavalheiro tremendamente respeitável – e pensar que chegou a vagar por aí como um trovador ou um cavaleiro andante, trajado com aquelas cores extravagantes! Ah, bem! Somos mais sensatos nesta nossa era.

Ou assim acreditamos. Diz uma teoria em voga hoje em dia que bom senso e enfado andam juntos.

A bondade é outra virtude que sempre acompanha a cor negra. Pessoas muito bondosas, vocês hão de notar, vestem-se de preto de cima a baixo, incluindo luvas e a gravata, e, em breve, provavelmente adotarão também camisas pretas. Os medianamente bondosos são dados a usar calças claras nos dias de semana, e alguns chegam ao extremo de trajar elegantes coletes. Por outro lado, as pessoas que não se importam nem um pouco com o que o futuro nos reserva andam por aí de terno claro; e já houve canalhas dotados de um nível tal de descaramento que até chapéu branco usam. Essa gente, porém, nunca é lembrada nos círculos mais refinados da sociedade, e talvez eu nem devesse tê-la mencionado aqui.

A propósito, falando em ternos claros, já perceberam como as pessoas fixam o olhar sobre alguém que sai pela primeira vez à rua com um terno novo de cor clara? Depois, já não reparam tanto. A população de Londres se acostuma com o terno claro lá pela terceira vez que alguém o veste. Digo "alguém" porque não falo aqui por experiência própria. Não visto esse tipo de coisa. Como já falei, apenas os pecadores o fazem.

Quem me dera, porém, as coisas não fossem assim e pudéssemos ser bondosos, respeitáveis e sensatos sem precisar nos transformarmos num espantalho. Olho-me no espelho, às vezes, com meus dois longos sacos cilíndricos (tão pitorescamente amarrotados na altura dos joelhos), meu colarinho alto e meu chapéu-coco, e me pergunto com que direito ando por aí enfeando tanto este mundo de Deus. Em seguida, pensamentos selvagens e perversos invadem-me a alma. Não quero mais ser bondoso ou respeitável. (Sensato nunca fui, me dizem; então essa característica não conta.) Quero vestir meias cor de alfazema, com uns calções de veludo vermelho e um gibão verde com listras amarelas; quero usar nos ombros uma capa de seda azul-clara, e uma pluma negra de águia balançando no chapéu, e quero levar uma espada comprida, um falcão e uma lança, e subir num cavalo que empina, para poder andar por aí e alegrar os olhos das pessoas. Por que devemos todos parecer formigas rastejando sobre um pequeno monte de terra? Por que não nos vestirmos com cores mais alegres? Tenho certeza de que, se o fizéssemos, seríamos mais felizes. Trata-se de algo menor, por certo, mas somos uma raça menor, de que adianta fingirmos o contrário e, com isso, estragarmos a diversão? Os filósofos que se ergam feito corvos velhos, se quiserem. Mas deixem-me ser uma borboleta.

As mulheres, pelo menos, deveriam se vestir com roupas bonitas. É obrigação. Elas são as flores da terra e nasceram para exibir sua beleza. Nós, homens, as maltratamos muito; mas Deus sabe que este mundo velho perderia toda a graça sem seus vestidos e belos rostos. Ah, como iluminam todo lugar aonde chegam! Que comoção solar elas – nossas parentes, é claro – trazem para dentro de nossos aposentos sombrios de solteiros! E que delicioso caos produzem suas fitas e laços, suas luvas e chapéus, suas sombrinhas e lencinhos! É como se um arco-íris errante viesse nos fazer uma visita.

Taí um dos maiores encantos do verão, na minha opinião, as lindas cores com que nossas donzelas se vestem. Gosto de ver o cor-de-rosa, o azul e o branco cintilarem entre as árvores, salpicarem os campos verdes e refletirem a luz do sol. As cores vivas se revelam de bem longe. Neste instante, há quatro vestidos brancos subindo uma colina diante da minha janela. Posso vê-los claramente, embora estejam a 5 quilômetros de distância. A princípio, pensei tratar-se de marcos miliários que haviam decidido dar um passeio. É tão bom poder ver aquelas figuras queridas a uma distância tão vasta. Sobretudo se forem nossa mulher e nossa sogra.

Falar em campos e em marcos miliários me lembra que quero dizer algumas palavras, com toda a seriedade, sobre as botas femininas. As mulheres destas ilhas, sem exceção, usam botas grandes demais para elas. Nunca encontram botas que lhes sirvam. Os sapateiros não fabricam tamanhos suficientemente pequenos.

Repetidas vezes vi mulheres sentarem-se sobre uma cerca e declararem que não conseguiam dar nem mais um passo sequer porque as botas as machucavam muitíssimo; e a queixa era sempre a mesma – botas grandes demais.

É hora de mudar esse estado de coisas. Em nome dos maridos e pais da Inglaterra, rogo aos sapateiros que tomem jeito. Nossas esposas, nossas filhas e nossas primas não podem continuar sofrendo torturas e mancando impunemente. Por que não se pode aumentar o estoque de pares com números baixos? Pelo que sei, esses são os tamanhos usados pela maioria das mulheres.

O corpete é outra peça do vestuário feminino que está sempre grande demais. As costureiras confeccionam esses itens de modo tão descuidado que acontece de os ganchos e os ilhoses que os prendem romperem, de vez em quando, com um estrondo que lembra um trovão.

Por que as mulheres toleram essas injustiças – não consigo entender por que não insistem que suas roupas sejam feitas no tamanho certo. Dificilmente seria por indiferença a questões irrelevantes, como vestimentas, pois esse é o único assunto em que realmente pensam. É o único tema pelo qual se interessam de fato, e falam sobre isso o tempo todo. Se avistarmos duas mulheres juntas, podemos apostar nosso último tostão que falam de roupas – as próprias ou as das amigas. Notamos um par desses seres semelhantes a crianças conversando diante de uma janela e nos perguntamos que palavras doces e bondosas estariam saindo daqueles lábios abençoados. Então nos aproximamos e ouvimos uma delas dizer:

"Desfiz uma das costuras do corpete e agora serviu, ficou ótimo."

"Bem", retruca a outra, "vou usar meu corpete cor de pêssego na festa dos Jones, com um peitilho amarelo; e vi que a Puttick's está com umas luvas lindas, custam só 1 xelim e 11 centavos".

Certa vez, fui dar um passeio de carruagem por uma região de Derbyshire com duas jovens. Era uma bela área do país, e elas se divertiram imensamente. E conversaram sobre costura e vestidos o tempo todo.

"Que vista linda", eu dizia, apontando com meu guarda-chuva. "Olhem aquelas colinas distantes, tão azuis! Aquela pontinha branca, aninhada na floresta, é Chatsworth, e ali..."

"Sim, sim, muito bonito mesmo", replicava uma. "Bem, acho que vou comprar um metro de tafetá."

"O quê, e deixar a saia exatamente como está?"

"Sem dúvida. Como é mesmo o nome deste lugar?"

Então, eu chamava a atenção delas para as belezas naturais que continuavam surgindo, e elas olhavam distraidamente ao redor e diziam "encantador", "lindo mesmo", e logo ficavam extasiadas com os lenços de bolso de uma ou de outra, e choravam em coro a decadência das rendas de cambraia.

Acredito que, se duas mulheres fossem deixadas juntas em uma ilha deserta, passariam os dias debatendo os méritos das conchas marinhas e dos ovos de pássaros enquanto adornos, e todo mês inventariam uma nova moda usando folhas de figueira.

Homens bem jovens pensam bastante sobre roupas, mas não falam disso uns com os outros. Não há muito incentivo mútuo para tanto. Um almofadinha não é popular entre os representantes do próprio sexo. Aliás, sofre nas mãos deles muito mais do que o necessário. Sua falha de caráter é inofensiva e logo se esgota. Além disso, um homem que não se revela um almofadinha aos 20 anos será um indivíduo desleixado, de colarinho sujo e casaco encardido aos 40. Um pouco de vaidade num jovem é algo positivo, é humano. Gosto de ver um galo jovem arrepiar as penas, esticar o pescoço e cantar como se o mundo inteiro lhe pertencesse. Não gosto de homens modestos e retraídos. Ninguém gosta, na verdade, por mais que tagarelem sobre o valor da modéstia e de outras coisas que não entendem.

Um comportamento humilde é um grande erro neste mundo. O pai de Uriah Heap era um mau juiz da natureza humana, ou não teria dito a seu filho, como o fez, que as pessoas valorizam a humildade. Nada as incomoda mais, de modo geral. As discussões acaloradas compõem metade do encanto da vida, e não se pode discutir com indivíduos humildes e acanhados. Amenizam nossa raiva, e isso é exatamente o que não queremos. Queremos extravasar. Nós nos colocamos gradualmente em um estado de fúria inebriante e, então, quando estamos prestes a experimentar o gozo de uma disputa vigorosa, esses sujeitos arruínam nossos planos com sua exasperante humildade.

A vida de Xantipa deve ter sido um longo martírio, ligada que foi àquele homem irritantemente calmo,

Sócrates. Imaginem uma mulher casada, condenada a viver dia após dia sem uma única briga com o marido! Um homem deve agradar a mulher nessas matérias.

Deus sabe como é enfadonha a vida delas, pobres moças. Não experimentam nenhum dos prazeres de que nós, homens, desfrutamos. Não frequentam reuniões políticas; não podem sequer pertencer ao parlamento amador local; são barradas dos vagões para fumantes da Metropolitan Railway e nunca leem um jornal cômico – ou, se o fazem, não percebem que é cômico: ninguém lhes explica.

Sem dúvida, poderíamos contribuir para aliviar essa existência tão terrivelmente entediante criando uma pequena arenga de vez em quando, para divertimento delas, mesmo que não nos sintamos inclinados a discutir. Um homem realmente sensato o faz e é amado por isso, pois são pequenos atos de bondade assim que tocam o coração de uma mulher. São essas provas de sacrifício e amor que a fazem contar às amigas que ele era um ótimo marido – depois de ele morrer.

Sim, a infeliz da Xantipa deve ter passado por maus bocados. O episódio do balde foi particularmente triste para ela. Pobre mulher! Ela de fato achou que aquilo iria despertá-lo para a realidade. Dera-se ao trabalho de encher o balde, talvez tenha feito um esforço extra para arranjar uma água especialmente suja. E esperou por ele. Tudo isso para receber aquele tipo de resposta no fim das contas! O mais provável é ela ter se sentado num canto e chorado muito depois. Deve ter sido desesperador para a pobre menina; e, pelo que sabemos, ela nem ao menos tinha mãe a quem pudesse recorrer e falar mal do marido.

De que lhe adiantava que o marido fosse um grande filósofo? A filosofia, ainda que elevada, pouco conta na vida a dois.

Houve uma vez um menino muito bonzinho que queria embarcar num navio. O capitão perguntou-lhe o que sabia fazer. Ele disse que sabia a tabuada de trás para a frente e que sabia colar algas marinhas em um caderno; que sabia quantas vezes a palavra "gerou" ocorria no Antigo Testamento; e que sabia recitar "O menino ficou no convés em chamas" e "Somos sete", de Wordsworth.

"Muito bem – muito bem, de fato", disse o homem do mar, "e sabe aguentar desaforo?".

O mesmo acontece quando queremos nos casar. Grandes habilidades são menos necessárias do que pequenas aptidões. Os miolos não têm muito valor para quem se casa. Não há demanda por eles, nem tampouco apreço. Nossas esposas nos avaliam segundo um padrão próprio, no qual o brilho intelectual não marca pontos. Nossa consorte não está nada impressionada por nossa inteligência e talento, meu caro leitor – nadinha. Deem-lhe um homem capaz de cumprir uma tarefa ordeiramente, que não tente usar ideias próprias ou qualquer outro disparate desse calibre; que saiba segurar um bebê da maneira correta, sem o virar de pernas para o ar, e que não reclame quando houver carneiro morno para o jantar. Esse é o tipo de marido que agrada a uma mulher sensata; não aqueles tipos inconvenientes, de grande conhecimento científico ou literário, que perturbam a casa inteira e chateiam a todos com suas tolices.

Da memória

> Eu me lembro, ah como eu me lembro,
> fazia muito frio e era novembro,
> E o pássaro preto cantava no...

Esqueci o resto. É o começo do primeiro poema que decorei na vida, considerando que "Atirei o pau no gato" não conta, por se tratar de verso de caráter frívolo, destituído das qualidades da verdadeira poesia. Ganhei quatro moedas ao recitar "Eu me lembro". Soube que eram quatro moedas porque me disseram que, se eu as guardasse até receber outras duas, juntaria seis moedas, argumento este que, embora irrefutável, não me comoveu, e o dinheiro foi todo desperdiçado, pelo que me lembro, já na manhã seguinte, ainda que a memória não me diga em quê.

É assim que funciona a Memória; nada do que nos traz é completo. É uma criança mimada; todos os seus brinquedos estão quebrados. Lembro-me de ter caído num enorme buraco quando era muito jovem, mas não guardo a mais vaga lembrança de ter saído de lá; e, se dependesse apenas da memória, eu seria obrigado a acreditar que ainda estava lá embaixo.

Em outra época – alguns anos depois –, participei de uma cena de amor extremamente interessante; mas a única coisa que consigo recordar com nitidez é que, no momento mais crítico do encontro, alguém abriu a porta de repente e disse: "Emily, estão chamando você", num tom sepulcral que passava a impressão de que a polícia estava ali para prender a moça. Todas as palavras de carinho que ela me disse e todas as coisas bonitas que eu disse a ela foram totalmente apagadas.

A vida não passa de uma ruína esfacelada quando voltamos o olhar para trás: uma coluna tombada aqui, onde antes se erguia um enorme portal; o batente quebrado de uma janela para assinalar o caramanchão da nossa amada; um amontoado fumegante de pedras enegrecidas onde chamas cintilantes outrora reluziam, e que agora se veem cingidas pelo líquen escuro e pela hera verde.

Tudo assoma agradável em meio à névoa apaziguadora do tempo. Mesmo a tristeza do passado nos parece doce. Nossos dias de criança apresentam-se hoje muito mais alegres, tempos de colher nozes, brincar de argola e comer bolacha de gengibre. Os corretivos, as dores de dente e as conjugações latinas estão todos esquecidos – sobretudo as conjugações latinas. E nos achávamos muito felizes quando éramos desengonçados e amados por todos; e desejamos poder amar novamente. Nunca pensamos nas aflições, nas noites em claro, na secura quente que nos tomava a garganta quando ela anunciava que nunca poderia ser mais do que uma irmã para nós – como se algum homem quisesse mais irmãs!

Sim, é o brilho, não a escuridão, que vemos ao olhar para trás. A luz do sol não projeta sombras sobre o passado. A estrada que percorremos se estende, formosa, atrás de nós. Não enxergamos as pedras pontiagudas. Recordamos apenas as rosas à beira do caminho, e as sarças bravas que nos feriram são, para os nossos olhos distantes, meras gavinhas balançando suavemente ao vento. Deus seja louvado por isso – e que a cadeia sempre crescente da memória tenha apenas elos delicados, e que a amargura e a tristeza de hoje sejam motivo de sorrisos amanhã.

É como se o lado mais fascinante de tudo fosse também o mais elevado e melhor, de tal modo que, à medida que nossas pequenas existências se afundam atrás de nós, perdendo-se no oceano escuro do esquecimento, aquilo que é mais leve e alegre é o último a submergir, ficando acima das águas, visível por muito tempo, enquanto os pensamentos raivosos e as dores lancinantes são enterrados muito abaixo das ondas e não nos castigam mais.

É esse glamour do passado, suponho, que faz os velhos dizerem tantas bobagens sobre seu tempo de juventude. O mundo parece ter sido um lugar muito melhor então, e as coisas eram mais próximas da perfeição. Os meninos eram meninos, naquela época, e as meninas eram muito diferentes. Além disso, os invernos se assemelhavam a invernos, e os verões não eram nem de longe o período miserável que precisamos tolerar hoje em dia. Quanto às histórias de feitos maravilhosos e eventos extraordinários que teriam se sucedido naquela época, são necessários três homens fortes para acreditar em metade delas.

Gosto de ouvir um desses representantes da velha guarda explicando como funcionavam as coisas a um grupo de jovens que ele sabe que não podem contradizê-lo. Passado certo tempo, é impossível não o ouvir jurar que a lua brilhava todas as noites na sua mocidade e que jogar touros bravos no ar com um cobertor estendido era o esporte favorito da sua escola.

Sempre foi assim, e assim sempre será. Os velhos dos tempos de juventude dos nossos avós cantavam uma canção exatamente no mesmo tom; e os jovens de hoje irão disparar as mesmíssimas tolices, para desespero da próxima geração. "Ah, que saudades dos velhos tempos de cinquenta anos atrás" é uma frase que ecoa desde que Adão completou 51 primaveras. Se formos ler as obras escritas em 1835, iremos encontrar poetas e romancistas pedindo a mesma dádiva impossível, assim como o fizeram os menestréis alemães muito antes, e os escritores das sagas nórdicas antes disso ainda. E pelo mesmo motivo suspiravam os primeiros profetas e os filósofos da Grécia antiga. Ao que tudo indica, o mundo só tem piorado desde que foi criado. Só posso concluir que deve ter sido um lugar absolutamente encantador quando foi aberto ao público, pois ainda hoje é muito agradável, desde que tomemos o máximo possível de sol e toleremos a chuva com bom humor.

No entanto, não se pode negar que deve ter sido um lugar mais ameno naquela manhã orvalhada da criação, quando era jovem e fresco, quando os pés de milhões de seres humanos ainda não tinham pisoteado a grama até reduzi-la a pó, nem a balbúrdia de miríades de cidades havia afugentado para sempre o silêncio. A vida deve ter sido nobre e solene para esses patriarcas da raça humana, com suas vestes soltas e caminhar sem rumo, de mãos dadas com Deus sob a vastidão do céu. Viviam em tendas banhadas pelo sol em meio ao mugido dos rebanhos.

Satisfaziam seus desejos singelos pela mão generosa da Natureza. Labutavam, conversavam e refletiam; e a imensa terra girava em silêncio, ainda virgem de angústias e injustiças.

Isso agora é coisa do passado. A infância tranquila da Humanidade, vivida em clareiras longínquas e à beira de rios murmurantes, foi-se para sempre; e a vida humana vai mergulhando na idade adulta em meio ao tumulto, à dúvida e à esperança. Sua era de paz e descanso terminou. Precisa concluir sua tarefa, e depressa. Que tarefa é essa – qual a participação deste mundo no grande projeto universal – não sabemos, embora nossas mãos inconscientes estejam ajudando a realizá-la. Assim como o minúsculo inseto do coral trabalha nas profundezas de águas sombrias, esforçamo-nos e lutamos, cada um de nós, pelos nossos pequenos objetivos, e nem sonhamos com a vasta trama que vamos confeccionando para Deus.

Ponhamos fim a vãos arrependimentos e a nostalgias dos dias que nunca mais teremos. Nossa tarefa está diante de nós, não atrás; e "Avante!" é nosso lema. Não nos sentemos de braços cruzados, contemplando o passado como se fosse o edifício; trata-se apenas das fundações. Não desperdicemos nosso espírito e nossa vida pensando no que poderia ter sido e esquecendo o que poderá vir a ser. As oportunidades se esvaem enquanto lamentamos, sentados, as chances perdidas, e nem damos atenção à felicidade que sentimos, consumidos que estamos pela felicidade pretérita.

Há muitos anos, quando eu costumava vagar à noite desde a lareira até a formidável terra dos contos de fadas, conheci um cavaleiro valente e sincero. Muitos perigos ele havia vencido, em muitas terras por onde passara; e todos os homens o conheciam como um cavaleiro corajoso e experimentado, que desconhecia o medo; com exceção, talvez, daquelas ocasiões em que até mesmo um bravo poderia sentir medo sem por isso se envergonhar. Pois bem, certo dia, esse cavaleiro, já fatigado pelo esforço empreendido para vencer uma estrada difícil, sentiu seu coração falhar e se encher de tristeza por causa do caminho tão árduo. Rochas escuras e de tamanho descomunal pendiam-lhe sobre a cabeça, e pareciam a ponto de se soltar e cair, soterrando-o inapelavelmente. Havia abismos de ambos os lados e cavernas sombrias onde se escondiam ladrões terríveis e também dragões medonhos cujas mandíbulas pingavam sangue. E sobre a estrada pairava uma imensa escuridão, como se fosse noite. Então ocorreu àquele bom cavaleiro que talvez não devesse mais avançar, mas buscar outra vereda, que fosse menos cruel e não castigasse tanto seu afável corcel. Mas quando, apressadamente, ele se virou e olhou para trás, muito surpreso ficou nosso intrépido cavaleiro, pois oh!, de todo o caminho que ele percorrera, nada mais se enxergava; e atrás das patas do cavalo abria-se um imenso precipício, tão extenso que nenhum homem jamais lhe poderia espiar o fundo. E assim, quando *sir* Ghelent viu que não havia como voltar, rezou ao bom são Cuteberto e, lançando esporas no seu corcel, avançou com coragem e alegria. E ninguém lhe fez mal.

Não há retorno na estrada da vida. A frágil ponte do tempo em que pisamos mergulha na eternidade a cada passo que damos. O passado se afasta de nós para sempre. É recolhido e guardado. Não nos pertence mais. Não podemos apagar sequer uma das palavras que um dia proferimos; e não podemos desfazer sequer um dos passos que demos. Cabe a nós, portanto, como verdadeiros cavaleiros, seguir adiante com bravura, e não prantear ociosamente por não podermos mudar o que está feito.

Uma nova vida começa para nós a cada segundo. Avancemos com alegria ao seu encontro. Temos de prosseguir, quer desejemos ou não, e caminharemos melhor com os olhos voltados para o que se apresenta diante de nós, sem nos voltarmos para o que ficou para trás.

Um amigo veio até mim outro dia e, com muita eloquência, incentivou-me a aprender um sistema novo, maravilhoso, pelo qual nunca nos esquecemos de nada. Não sei por que ele insistiu tanto, só se for porque eu lhe peço um guarda-chuva emprestado de vez em quando, e também tenho uma inclinação para, no meio de uma partida de *whist*, exclamar "Minha nossa, e eu achando que o trunfo era paus!". Recusei a sugestão, porém, apesar das vantagens que ele apresentou de maneira tão convincente. Não tenho vontade de me lembrar de tudo. Há muitas coisas na vida da maioria dos homens que é melhor esquecer. Há, por exemplo, aquela ocasião, muitos anos atrás, em que não agimos com tanta honra, tanta retidão como talvez devêssemos ter feito – aquele infeliz desvio do caminho da mais estrita probidade em que acabamos caindo, e no qual, ainda mais desafortunadamente, fomos descobertos –, aquele ato de desvario, de pequenez, de injustiça. Ah, bem! Pagamos a pena, sofremos as horas enlouquecedoras de remorso vão, a agonia aguda da vergonha, o desprezo, talvez, daqueles que amávamos. Esqueçamos. Ah, Pai Tempo, retire com suas mãos gentis essas lembranças amargas do nosso coração apertado, pois as mágoas se acumulam ao longo das horas que passam, e nossas precárias forças logo se esgotam, ligeiras como o passar do dia.

Não que o passado deva ser sepultado. A música da vida seria silenciada se os acordes da memória se partissem. São as ervas daninhas, e não as flores, que devemos arrancar do jardim de Mnemósine. Lembram-se do personagem de *O homem e o espectro*, de Dickens – de como ele orou pelo esquecimento e como, quando suas preces foram atendidas, passou a orar novamente, pela volta da memória? Não queremos afastar todos os fantasmas. Só fugimos dos espectros desvirtuados, de olhos cruéis. Que os fantasmas gentis e bondosos nos assombrem como quiserem; destes não temos medo.

Ai de mim! O mundo se enche de fantasmas à medida que envelhecemos. Não precisamos procurar em pátios lúgubres de igrejas nem dormir em quintas isoladas para lhes vislumbrar os rostos na penumbra e ouvir o farfalhar das suas vestes na calada da noite. Todas as casas, todos os cômodos, todas as cadeiras que rangem têm seu próprio fantasma particular. Eles assombram as câmaras vazias da nossa existência, aglomeram-se ao nosso redor como folhas secas sopradas pelo vento de outono. Alguns estão vivos; outros, mortos. Não sabemos. Apertamos as mãos deles nas nossas uma vez, e também os amamos, nos indispusemos e rimos com eles, confidenciamos nossos pensamentos, esperanças e desejos, como eles nos contaram os seus, até parecer que nossos corações haviam se unido a ponto de desafiar o poder insignificante da Morte. Agora, eles se foram; nós os perdemos para sempre. Seus olhos nunca mais fitarão os nossos e nunca mais ouviremos suas vozes. Somente os seus fantasmas vêm até nós e falam conosco. Nós os vemos, turvos e sombrios, através das nossas lágrimas. Estendemos nossas mãos ávidas para eles, mas não passam de ar, imponderáveis.

Fantasmas! Estão conosco dia e noite. Caminham ao nosso lado na rua movimentada, sob o brilho do sol. Sentam-se à nossa volta durante o crepúsculo. Vemos seus rostinhos nos olhando das janelas do antigo prédio da escola. Nós os encontramos nos bosques e veredas onde gritávamos e brincávamos quando meninos. Ouçam! Não conseguem ouvir-lhes as risadas abafadas por trás dos arbustos de amora, e o alarido distante, nas clareiras relvadas? Aqui embaixo, pelos campos tranquilos e pela floresta, onde as sombras da noite espreitam, serpenteia o caminho onde costumávamos vigiá-la ao pôr do sol. Olha, lá está ela agora, com o elegante vestido branco que conhecíamos tão bem, com o grande chapéu pendurado nas mãozinhas e o cabelo castanho-claro todo emaranhado. Oito mil quilômetros de distância! Morta, pelo que sabemos! E daí? Ela está ao nosso lado agora, e podemos fitar seus olhos sorridentes e ouvir sua voz. Irá desaparecer na cancela perto do bosque e ficaremos sozinhos; e as sombras se espalharão pelos campos e o vento noturno soprará, gemendo. Fantasmas!

Estão sempre conosco e sempre estarão enquanto o triste mundo de ontem continuar ecoando, ao som do soluço de longas despedidas, enquanto os cruéis navios navegarem para longe pelos grandes mares, e a terra verde e fria pesar sobre o coração daqueles que amamos.

Mas, ah, fantasmas, o mundo seria ainda mais triste sem sua presença. Venham a nós e falem conosco, fantasmas dos nossos antigos amores! Fantasmas dos nossos companheiros de brincadeiras, das nossas namoradas, dos nossos velhos amigos, de todos vocês, alegres rapazes e moças, ah, venham até nós e estejam conosco, pois o mundo é muito solitário, e os novos amigos e os novos rostos não são como os antigos, e não conseguimos amá-los, não, nem rir com eles como amávamos vocês e ríamos com vocês. E quando caminhávamos juntos, ah, fantasmas da nossa juventude, o mundo era muito alegre e radiante; agora, porém, envelheceu e sentimo-nos cansados, e somente vocês podem nos devolver o viço e o frescor de outrora.

A memória é um raro celeiro de fantasmas. Qual casa mal-assombrada, suas paredes estão sempre ecoando passos invisíveis. Através das vidraças quebradas, observamos as sombras fugidias dos mortos, e os espectros mais tristes de todos são os daqueles de nós que já morreram.

Ah, aqueles rostos jovens e radiantes, tão cheios de verdade e honra, de pensamentos puros e bons, de nobres anseios, que olhares de reprovação agora nos lançam com suas pupilas profundas e cristalinas!

Temo que tenham bons motivos para essa tristeza, pobres rapazes. Mentiras, dissimulação e descrença insinuam-se no nosso coração desde aqueles dias em que éramos ainda imberbes – e pretendíamos ser tão elevados e tão bons.

Ainda bem que não podemos prever o futuro. São poucos os meninos de 14 anos que não se envergonhariam de si mesmos aos 40.

Às vezes, gosto de me sentar e conversar com aquele estranho rapazinho que fui há tanto tempo. Acho que ele também gosta, pois vem com frequência à noite, quando estou sozinho com meu cachimbo, ouvindo o sussurro das chamas. Vejo seu rostinho solene olhando para mim através da fumaça perfumada que se eleva no ar, e sorrio para ele; e ele sorri para mim, mas seu sorriso é tão sério e antiquado. Conversamos sobre os velhos tempos e, de vez em quando, ele me pega pela mão e então nos esgueiramos pelas barras negras da grade da lareira e descemos pelas cavernas escuras e cintilantes, até a terra que fica além da luz das chamas. Lá encontramos os dias de outrora e vagamos juntos por aqueles lugares. Enquanto caminhamos, ele me conta tudo o que pensa e sente. Eu rio dele uma vez por outra, mas logo me arrependo, porque ele assume um ar tão sério que sinto vergonha por ter me revelado tão frívolo. Além disso, é falta de respeito por alguém muito mais velho do que eu – alguém que fui eu muito antes de me tornar quem sou hoje.

A princípio não falamos muito, mas nos entreolhamos; eu baixo o olhar para o seu cabelo encaracolado e para o pequeno laço azul, ele ergue o rosto e me encara de lado, enquanto caminha. E, por algum motivo, acho que aqueles olhos redondos e tímidos não me aprovam totalmente, e ele solta um pequeno suspiro, como que desapontado. Mas, passado algum tempo, deixa a timidez de lado e começa a conversar. Ele me conta quais são seus contos de fadas favoritos, diz que já sabe a tabuada do seis, que tem um porquinho-da-índia, e que o papai falou que os contos de fadas não são histórias verdadeiras; não é uma pena? É que ele gostaria tanto de ser um cavaleiro e lutar contra um dragão e se casar com uma linda princesa. Ao completar 7 anos, porém, adota uma visão mais pragmática da vida e decide que, quando crescer, quer ser barqueiro e ganhar muito dinheiro. Talvez a decisão seja consequência de ter se apaixonado, o que lhe acontece mais ou menos nessa época, pela jovem da leiteria, que tem 6 anos de idade. (Deus abençoe aqueles pezinhos dela, sempre a bailar, seja lá qual for o número que ela calce agora!) Ele deve gostar muito dela, pois um dia lhe deu seu tesouro mais valioso, a saber, um enorme canivete com quatro lâminas enferrujadas e um saca-rolhas que tem o dom de se destravar, sabe-se lá como, e se cravar na perna do proprietário. Ela é uma criaturinha afetuosa e, ao ver o presente, joga os braços em volta do pescoço do menino e o beija ali mesmo, na porta da leiteria. Mas o mundo embrutecido (na pessoa do rapaz da tabacaria ao lado) zomba de tais sinais de carinho. Ao perceber a troça, meu jovem amigo se prepara muito apropriadamente para esmurrar a cara do rapaz da tabacaria; mas falha na tentativa, e é o moço da tabacaria quem acaba lhe desferindo um soco na cara.

Vem então a vida escolar, com suas pequenas amarguras e suas explosões de alegria, suas gostosas brincadeiras e suas lágrimas quentes escorrendo sobre detestáveis gramáticas latinas e velhos cadernos. É na escola que ele se aleija para o resto da vida – acredito piamente nisso – tentando pronunciar palavras em alemão; e é lá também que ele descobre a importância atribuída pela nação francesa a canetas, tinta e papel. "Você tem canetas, tinta e papel?" é a primeira pergunta que um francês dirige a outro quando se encontram. O outro não tem nenhum desses itens consigo, em regra, mas responde que o tio do irmão tem as três coisas. O primeiro sujeito parece não dar a mínima para o tio do irmão do segundo; o que ele quer saber agora é se o vizinho da mãe do outro tem as três coisas. "O vizinho da minha mãe não tem canetas, nem tinta, nem papel", rebate o segundo homem, começando a perder a calma. "E o filho da sua jardineira, tem canetas, tinta ou papel?" Pronto, agora ele o pegou. Depois de perturbar todo mundo com a maldita tinta, canetas e papel, descobre-se que o filho da própria jardineira não tem nenhuma dessas coisas. Essa descoberta bastaria para calar a boca de qualquer pessoa, exceto a de um francês típico – nessa criatura desavergonhada, não causa efeito nenhum. Ele nem pensa em se desculpar; em vez disso, vai logo dizendo que a tia tem mostarda em casa.

E assim, na aquisição de conhecimentos mais ou menos inúteis, que logo felizmente serão esquecidos, a infância passa. A escola de tijolos vermelhos desaparece de vista e adentramos na estrada da vida. Meu amiguinho já não é tão pequeno agora. No casaco curto nasceram abas compridas. O boné surrado, tão útil enquanto combinação de lenço de bolso, taça para beber e arma de ataque, tornou-se um chapéu alto e brilhoso; e, em vez de um lápis, na sua boca há agora um cigarro, cuja fumaça o incomoda, subindo nariz acima. Mais tarde, experimenta um charuto, acha mais sofisticado – um grande havana negro. Não parece fazer bem, pois o encontro depois sentado em frente a um balde, na cozinha, jurando solenemente nunca mais fumar.

E agora seu bigode começa a ficar quase visível a olho nu e, imediatamente, ele começa a tomar conhaque com tônica e a achar que é homem. Sai dizendo que vai apostar "dois para um contra o favorito", refere-se às atrizes como "a Pequena Emmy" e "Kate" e "Baby", e murmura sobre "o dinheiro perdido nas cartas outra noite" num estilo que sugere um prejuízo de milhares de libras, quando, justiça seja feita, a quantia real provavelmente não passa de 1 xelim e duas moedas. Além disso, se estou enxergando bem – pois é sempre lusco-fusco nessa terra das memórias –, ele enfia um monóculo no olho e tropeça em tudo.

Suas parentes, muito perturbadas por essas coisas, oram por ele (abençoados sejam seus caridosos corações!) e têm visões de audiências no tribunal de Old Bailey e de um enforcamento como o único desfecho possível desse esbanjamento desenfreado; e a previsão do primeiro diretor de escola do moço, de que ele acabaria mal, assume proporções de profecia inspirada.

Nessa idade, ele exibe um completo desprezo pelo sexo oposto, uma opinião descaradamente positiva sobre si mesmo e uma atitude bajuladora em relação a todos os amigos idosos da família. De modo geral, é preciso reconhecer que, nessa fase, ele é uma figura um tanto incômoda.

Esse período não dura muito, porém. Ele se apaixona em pouco tempo, e isso logo lhe baixa a crista. Reparo que agora suas botas estão apertadas e seu cabelo está temerosa e magnificamente arrumado. Ele lê poesia mais do que estava acostumado e mantém um dicionário de rimas em seu quarto. Todas as manhãs, Emily Jane encontra folhas de papel rasgadas no chão, onde lê frases sobre "cruéis corações e contundentes paixões" ou "olhos amuados e suspiros roubados" e muitos trechos da velha canção que os rapazes tanto amam cantar e as moças tanto amam escutar enquanto jogam a delicada cabeça para o lado, fingindo não ouvir.

O curso do amor, entretanto, parece não ter transcorrido suavemente, pois mais tarde ele passa a caminhar muito e a dormir pouco, pobre rapaz, e isso não lhe faz bem. Seu rosto sugere tudo, menos o repicar de sinos matrimoniais e felicidade eterna.

E aqui ele parece desaparecer. O meu pequeno eu infantil que cresceu ao meu lado enquanto caminhávamos se foi.

Estou só e a estrada é muito escura. Sigo aos tropeções, não sei bem como, e nem me importo, porque o caminho parece não levar a lugar nenhum e não há luz que me guie.

Mas a manhã chega, enfim, e percebo que cresci e me tornei eu mesmo.

FIM

Posfácio

Jayme da Costa Pinto

JKJ. Ou Jerome K. Jerome. K de Klapka. Escritor, autor dos textos que o leitor acaba de percorrer neste volume e filho de Jerome C. Jerome. C de Clapp. Ministro religioso e arquiteto com pendores para caixeiro-viajante: perambulava de vilarejo em vilarejo da Inglaterra vitoriana pregando a Palavra para, em seguida, tentar emplacar um projeto de construção da igrejinha local – onde muitas vezes se empregava como clérigo. Não se sabe por que Jerome pai tinha nome e sobrenome idênticos. E nem de onde veio o tal Clapp, encaixado ali no meio qual fiel de balança. O fato é que ele houve por bem transmitir a um dos filhos os mesmos nome e sobrenome, apenas trocando o insuperável Clapp – palavra inglesa cujo som remete a um vasto campo semântico, de "aplaudir" a "dar um tapinha nas costas", passando por nome de doença venérea – por Klapka, homenagem a um general húngaro chamado George Klapka, figura importantíssima na guerra revolucionária da Hungria e que, coincidentemente, havia se hospedado na casa dos Jerome às vésperas do nascimento do escritor, em 2 de maio de 1859. A saga do nome, porém, não terminou com o batismo e o registro do pequeno Jerome. Durante a infância do autor, e para evitar confusões que nomes iguais poderiam causar, Jerome só chamava o filho de Luther... E foi assim, sem saber exatamente o próprio nome e sem se fixar por muito tempo em lugar nenhum, acompanhando o pai, a mãe e três irmãos mais velhos (duas meninas e um menino) por périplos religioso-arquitetônicos, que JKJ passou os primeiros anos de sua vida, justamente o período em que os ventos de relativa prosperidade de que a família desfrutava começavam a mudar.

Empreendedor irrequieto, mas de tino comercial aparentemente pouco desenvolvido, Jerome pai decidiu em dado momento que investir as economias da família – em especial as herdadas pela esposa, Marguerite Jones – em minas de carvão seria o melhor caminho para atingir aquilo que seu filho mais tarde descreveria como a maior ambição do pai: fazer fortuna. Os buracos cavados em busca do mineral, porém, revelaram-se pródigos apenas em sua capacidade de absorver os recursos de Jerome, e numa velocidade que acabou por levar a família em pouco tempo à ruína. A existência miserável que se seguiu marcou profundamente o futuro escritor, dotando-o de uma percepção aguda de como se sentem os excluídos, aqueles a quem a sociedade sonega dignidade e voz. A experiência de uma infância que poderia ser descrita como dickensiana – os personagens do autor emergem, não à toa, na obra de JKJ, incluindo os textos aqui reunidos – se traduz numa prosa quase filosófica, por vezes beirando o sentimentalismo, e na qual as lembranças de uma época de sofrimentos e privações emprestam um matiz de verdade ao senso de humor que acabou se fixando como uma das marcas da obra do escritor.

Os infortúnios se sucederam: os seguidos passos em falso na vida profissional abalaram a saúde de Jerome pai, morto precocemente quando JKJ tinha apenas 13 anos, e também contribuíram para levar Marguerite dois anos depois. Dos irmãos, o mais velho morrera de difteria ainda criança, e as irmãs levavam uma vida modesta, sem condições de cuidar do caçula. Assim, aos 15 anos, o adolescente JKJ se viu sozinho no mundo. Largou a escola e saiu em busca de trabalho, primeiro em uma empresa ferroviária, onde mal ganhava para comer e, alguns anos depois, como ator de um grupo teatral itinerante que se especializou não neste ou naquele dramaturgo, mas na arte de levar golpes de empresários mal-intencionados. Ao subir nos palcos da periferia de Londres, a trupe nunca sabia se seria paga pelo trabalho, surpresa sempre reservada para o fim do espetáculo e diretamente proporcional ao caráter, em geral indigente, do promotor do evento. Em sua primeira obra como escritor, *On the Stage – and Off*, com o subtítulo "A breve carreira de um aspirante a ator" (1885), JKJ abre o texto com a mistura de *páthos* e humor que viria a ser sua marca registrada: "Existe um momento na vida de todos nós em que acreditamos ter nascido para sermos atores, e sentimos um desejo incontornável de revelar ao mundo como é que funciona o teatro... essa sensação geralmente toma conta do homem quando ele tem cerca de 19 anos e dura até um pouco antes de ele completar 20". JKJ abandonou os palcos aos 19.

Com a ribalta foram-se as incertezas sobre os pagamentos; agora, não restava dúvida: o dinheiro não viria mesmo. JKJ vagava pelas ruas de Londres, onde também dormia, carregando consigo apenas a roupa do corpo. Tampouco podia procurar emprego naquelas condições, maltrapilho, com aparência assustadora. Foi nessa situação de extrema necessidade, e com ajuda do acaso, que a vida de JKJ começou a tomar outro rumo, pondo-o na direção que o transformaria anos mais tarde no autor de mais de sessenta obras, entre romances, contos, ensaios e, ironia das ironias, peças de teatro.

A virada começou quando o futuro escritor cruzou por acaso o caminho de um velho conhecido, Colney Hatch, recém-saído do mesmo fundo de poço em que então JKJ se encontrava. Hatch contou que estava conseguindo sobreviver – subsistir, na verdade – exercendo um ofício conhecido em inglês por *penny-a-lining*, uma espécie de jornalismo de segundo escalão, em que o sujeito corria a cidade atrás de eventos, qualquer evento, compunha uma reportagem e voltava para a redação com o texto pronto. O pagamento pelo trabalho era de alguns centavos por linha – daí o *penny-a-lining*. A necessidade mais urgente de JKJ era encontrar um lugar para morar. Àquela altura, ele passava as noites em albergues, locais onde todos eram muito pobres e sobreviviam só os mais fortes; os velhos e frágeis eram física e rotineiramente ultrajados. Falando dessa época depois de já consagrado, JKJ observou que a literatura "sempre buscou o tema do submundo e, claro, deve haver humor, empatia e até romance ali, mas é preciso olhar de fora para enxergar esses atrativos; de perto, o que se vê é a lei da selva em ação".

A concorrência entre esses maratonistas do jornalismo era duríssima, e só alguns textos eram publicados – e apenas esses eram de fato remunerados.

O desespero de JKJ era tamanho que em pouco tempo nenhum dos seus colegas cobria tantos incêndios, inaugurações, festas, julgamentos e shows como ele. E Jerome logo percebeu que, como muita gente escrevia sobre os mesmos eventos, o texto final precisava oferecer algo especial para ser o escolhido. Ele então optou por usar humor em suas coberturas e rapidamente se deu conta da preferência deslavada por esse tipo de abordagem em comparação a registros mais sóbrios, e até mesmo mais fiéis, dos acontecimentos. Começavam a emergir ali os primeiros sinais de um estilo de escrita que viria a se revelar único. Nesse período, a situação financeira de Jerome começou gradualmente a melhorar, ele conseguiu sair do albergue e mudar para um quarto só seu. Seguiu-se uma produtiva sequência de bicos como redator aqui e ali, nada muito cativante, mas foi assim que ele começou a conhecer mais pessoas e armazenar experiências. No tempo livre, agora possível em razão dos ganhos acima do nível da pobreza, Jerome escrevia um pouco e lia muito, quase compulsivamente. Além do prazer, via na leitura sua única chance de se instruir, juntamente com o olhar e os ouvidos aguçados em relação a tudo que acontecia ao seu redor. Em 1890, poucos anos após o lançamento destes *Devaneios ociosos*, pediram-lhe que listasse alguns de seus autores favoritos. Uma pequena amostra, apenas ilustrativa do que o interessava na época, inclui Carlyle, George Eliot, Dickens, Tennyson, Mark Twain, Robert Louis Stevenson, Henry Longfellow e a Bíblia do rei James.

Ao lançar, em 1885, *On the Stage – and Off*, suas quase-memórias de um quase-ator, JKJ já trabalhava dedicadamente nos primeiros esboços da série de textos reunidos no volume que o leitor brasileiro tem agora a chance de conhecer em português. Esses pequenos ensaios, versando sobre temas aleatórios e diversos, começaram a ser publicados individualmente também em 1885 na revista *Home Chimes*, periódico de apelo popular que tinha Mark Twain no quadro de colaboradores, já sob o título guarda-chuva de *Idle Thoughts*. O sucesso foi imediato. Subvertendo insidiosamente a pompa dos ensaístas vitorianos, os *Devaneios ociosos* se revelavam hiperbólicos no estilo, na sintaxe e na escolha vocabular, mas ao mesmo tempo se pautavam por um humor agridoce, melancólico mesmo, reflexo de um mundo em mudança, menos inocente, às portas de um novo século que seria inaugurado com a Primeira Guerra Mundial. A alta dicção, a linguagem elevada, o senso de abnegação cristã, de honra e de glória que inspiravam boa parte da literatura e do ensaísmo ingleses anteriores a JKJ devem ter-lhe soado como pura abstração.

E são esses os tópicos que surgem como alvos preferenciais da acidez do autor nas pensatas aqui incluídas. A prosa bem composta, então, inverte os polos não ao enaltecer o cavaleiro de inspiração medieval, arturiana, mas ao usar os mesmos artifícios literários para explicar, por exemplo, o caráter fugidio e ao mesmo tempo único do amor ("Cupido não desperdiça uma segunda seta no mesmo coração. As servas do amor tornam-se nossas amigas da vida inteira", no texto "Do amor"). Ou para falar do ponto de observação privilegiado de onde, ociosamente, observa a marcha trôpega da humanidade ("... e sentado aqui em meu caramanchão à beira do caminho, fumando meu narguilé da satisfação e mascando as doces folhas do lótus da indolência, posso fitar, pensativo, a multidão que avança aos trancos e barrancos pela longa estrada da vida", em "Da batalha cotidiana"). Ou, ainda, para descrever a desgraça que se abate sobre os tímidos ("Na rua movimentada, na sala apinhada, na agitação do trabalho, no turbilhão do prazer, entre muitos ou entre poucos – sempre que os homens se reúnem, sempre que a melodia da voz humana se ouve e que o pensamento humano cintila em nossos olhos, ali, rejeitado e solitário, o tímido, qual um leproso, permanece, apartado", em "Da timidez").

Não demorou para a editora Field & Tuer propor a Jerome a publicação da série em livro, o que aconteceu no ano seguinte, em 1886. Foi o início do sucesso comercial de JKJ. A primeira edição de *Devaneios ociosos de um desocupado*, de mil exemplares, vendeu "feito pão quente", segundo relatos do próprio autor. O sr. Tuer, editor, logo farejou o potencial de vendas de Jerome e publicou o livro com uma capa de cor clara, que se destacava do marrom-escuro, mais comum naqueles tempos. Ao lado do título, estampou um "Primeira Edição", que logo em seguida foi substituído por um "Segunda Edição", depois por um "Terceira Edição" e assim foi até chegar, rapidamente, em "Décima Segunda Edição". A engenhosidade – para a época – dessa estratégia resultou que, em pouco tempo, o círculo literário só falava do livro de Jerome. E o sucesso tinha razão de ser: o tamanho dos ensaios era justo, nem curtos demais que pudessem dar impressão de superficialidade; nem longos demais que pudessem espantar o interesse do leitor, e com a medida certa de humor, e filosofia, em torno de temas que atiçavam a curiosidade das pessoas. Tudo isso coroado por uma dedicatória ao cachimbo, amigo de todas as horas e que, "tratado com frieza inequívoca por todos os membros do sexo feminino da família, e olhado com desconfiança até por meu próprio cão, ainda assim se mostra cada dia mais atraído por mim e, em troca, a cada dia me impregna mais e mais com a aura perfumada de sua amizade", e por um prefácio em que derruba qualquer expectativa que se possa ter de que o texto a seguir está imbuído de propósitos elevados: "O que os leitores hoje em dia buscam em um livro é que sirva para aperfeiçoar, instruir e edificar. Este livro falha nas três frentes."

O paladar literário vitoriano jamais tinha experimentado algo remotamente parecido. O público comprou o livro porque se identificou com o texto, enxergou naquelas linhas a própria realidade. A crítica foi menos entusiástica: condenou o que o texto trazia de coloquialismos – aspecto privilegiado nesta tradução em relação ao outro artifício usado por Jerome, de parodiar a dicção vitoriana, naturalmente exacerbada –, ressaltando que a mistura de leveza e sentimento humano por ele encetada, ainda que potencialmente interessante, por vezes resvalava no vulgar. O fato é que um novo tipo de humor estava nascendo, e já se tinha notícia de pastiches e até mesmo de imitadores. Surgia um novo estilo, o estilo jeromiano.

Passados três anos, em 1889, JKJ lançou seu terceiro título, *Three Men in a Boat (To Say Nothing of the Dog)* [Três homens num barco. Isso pra não falar do cachorro]. O sucesso foi estrondoso e alçou o autor a um nível inédito de popularidade – o romance continua sendo reeditado até os dias de hoje –, além de permitir que Jerome finalmente pudesse viver da literatura. Passou também a viajar pelo mundo, fazendo palestras em vários continentes e publicando prolificamente. Entre 1892 e 1897, editou a revista *The Idler* [O Ocioso], que foi publicada em Londres até 1911 e reunia importantes escritores e artistas plásticos da época. Jerome morreu em junho de 1927, em Northampton, de hemorragia cerebral, depois de uma vida intensa e de muito trabalho, que o colocou à altura do verdadeiro ocioso, assim descrito no texto que abre este volume:

> O ócio sempre foi o meu forte. E não reclamo crédito pessoal nesse assunto – trata-se de um dom. É para poucos. Há muito preguiçoso no mundo, muito marcha-lenta, mas um ocioso legítimo é coisa rara. Não é o sujeito que anda por aí, passos arrastados, mãos metidas nos bolsos. Ao contrário, a característica mais surpreendente do ocioso é estar sempre ocupadíssimo.

JAYME DA COSTA PINTO é tradutor e intérprete. Traduziu e organizou, para a CARAMBAIA, os livros *Contos*, de O. Henry, e *Eles e elas – Contos da Broadway*, de Damon Runyon.

Primeira edição
© Editora Carambaia, 2022

Esta edição
© Editora Carambaia
Coleção Acervo, 2023

Título original
The Idle Thoughts of an Idle Fellow [Londres, 1886]

Preparação
Silvia Massimini Felix

Revisão
Débora Donadel
Ricardo Jensen de Oliveira
Paula Queiroz

Projeto gráfico
Bloco Gráfico

CIP-BRASIL. CATALOGAÇÃO NA PUBLICAÇÃO / SINDICATO NACIONAL DOS EDITORES DE LIVROS, RJ /
J54d / Jerome, Jerome K. (Jerome Klapka), 1859-1927 / *Devaneios ociosos de um desocupado* / Jerome K. Jerome; tradução e posfácio Jayme da Costa Pinto. [2. ed.] São Paulo: Carambaia, 2023. / 232 p.; 20 cm. [Acervo Carambaia, 29]
Tradução de: *The Idle Thoughts of an Idle Fellow*
ISBN 978-65-5461-029-2
Humorismo inglês. I. Pinto, Jayme da Costa. II. Título. III. Série.
23-85119 / CDD 827 / CDU 82-7(410.1)

Meri Gleice Rodrigues de Souza
Bibliotecária – CRB-7/6439

Diretor-executivo Fabiano Curi

Editorial
Diretora editorial Graziella Beting
Editora Livia Deorsola
Editora de arte Laura Lotufo
Editor-assistente Kaio Cassio
Assistente editorial/direitos autorais Gabrielly Saraiva
Produtora gráfica Lilia Góes

Relações institucionais e imprensa Clara Dias
Comunicação Ronaldo Vitor
Comercial Fábio Igaki
Administrativo Lilian Périgo
Expedição Nelson Figueiredo
Atendimento ao cliente Meire David
Divulgação/livrarias e escolas Rosália Meirelles

Fontes
Untitled Sans, Serif

Papel
Pólen Bold 70 g/m²

Impressão
Bartira

Editora Carambaia
Av. São Luís, 86, cj. 182
01046-000 São Paulo SP
contato@carambaia.com.br
www.carambaia.com.br

ISBN
978-65-5461-029-2